셰익스피어 전집 011

줄리어스 시저

셰익스피어 전집

011

줄리어스 시저

윌리엄 셰익스피어(William Shakespeare)

박우수 옮김

Julius Caesar

HU:iNE

옮긴이의 말

윌리엄 셰익스피어의 로마 비극 『줄리어스 시저』는 로마 공화정의 몰락과 제정 로마의 등장을 알리는 정치적 격변의 시기를 다룬다. 기원전 44년 3월 15일 56세의 시저 암살로부터 기원전 42년 필립파이 전투에서 공화주의자인 브루투스 일파의 패배로 내전이 종식되기까지 3년에 걸친 기간을 압축적으로 제시하고 있는 이 작품은 정치극인 동시에 이상주의와 현실주의의 대립이라는 인간의 영원한 실존적인 문제를 제기한다. 왜 이상주의자들은 현실 감각이 부족할까? 이상주의자이기 때문에 현실감이 부족한 것인가, 현실감이 부족하기 때문에 이상주의자인가 하는 질문은 현실 정치는 과연 정치적 이상주의와는 병존할 수 없는 것인가, 정치적 현실주의가 과연 바람직한 것인가 하는 등의 질문을 계속 자아낸다. 물론 셰익스피어는 이 작품에서 이상주의가 현실의 삶 속에서 작용하게 될 때 갖게 되는 한계를 분명하게 인식하고 있다. 미신이나 어떤 징조의 의미를 믿지 않던 현실주의자 카시우스가 어이없는 판단 착오로 자살하기 직전에 자신의 운명이 다했음을 까마귀 같은 흉조가 자신을 향해 날아드는 것을 보고 직감적으로 예감한다든지, 로마의 견인주의 철학을 신봉해서 자살을 겁쟁이들의 소치로 폄하하던 브루투스가 자신의 최후의 권위와 자존심을 지키기 위해 스스로 목숨을 끊는 행위 등은 이상적인 원칙이 현실에서 왜곡되거나 변형될 수밖에 없는 현실의 복잡성을 바라보는 셰익스피어의 현실 인식이 반영된 결과이다. 사물의 양면성을 동시에 바라보는 여러 개의 눈을 가지고 있기 때문에 셰익스피어는 현상에 대한 섣부른 판단을 대체로 유보한다. 사물에 대한 판단유보는 종종 그의 회의주의 시각을 통해 드러나기도 한다. 회의주의란 문자 그대로 탐구, 혹은 탐구정신을 지칭하는데, 이 탐구적인 회의주의의 입장에서 셰익스피어는 현상에 대한 일면적인 이해나 판단을 거부한다. 그렇기 때문에 우리가 셰익스피어에게서 얻는 일반적인 인상은 일정한 거리를 두고 사물을 관찰하는 관찰자의 모습이다.

『줄리어스 시저』에서 셰익스피어는 자신의 먼 조상인 주니어스 브루투스가 오래전에 수립한 공화제를 지키려는 브루투스와 황제의 권력을 꿈꾸는 줄리어스 시저를 대립하는 두 축으로 삼아 작품을 진행하지만 딱히 어느 쪽으로 기울지 않는다. 시저는 3막 1장에서 살해되지만 작품 마지막까지 그의 유령이 브루투스를 지배함으로써, 시저의 정신과 브루투스의 정신의 대립이라는 일종의 이념극의 성격이 작품에 배어들어 있는 것도 사실이다. 정치적 이념의 대립이라는 관점에서 보면 이 작품은 사실상 3막 2장 로마 광장에서 브루투스와 안토니의 연설 대결로 그 세가 갈리는 셈이다. 카시우스가 나중에 브루투스에게 얘기하듯이 브루투스는 안토니를 단지 시저의 수족에 불과하다는 신념에 사로잡혀 사실을 온전하게 인식하지 못하고 그에게 연설 기회를 제공함으로써, 그것도 연설 장면을 지켜보지도 않고 서둘러 자리를 떠남으로써 파멸을 자초한다. 셰익스피어의 입장에서 나머지 필립파이 전투에서의 승패는 연설 대결이 가져온 후속 효과에 불과한 것이다.

브루투스와 안토니의 산문과 운문으로 된 연설문은 극 안에 또 다른 별개의 극이 자리 잡고 있는 것과 같이 일종의 극중극을 형성하고 있는데, 이 연설문은 수사적 설득의 모범이 된다. 로마의 장군들이 본격적인 전투 개시 이전에 관례적으로 서로 만나 말싸움을 하듯이 실제 전투를 좁은 무대 위에 옮겨놓아야 하는 극작가의 입장에서 말싸움은 실제 전투의 축소판이며, 이 말싸움에서의 승패가 전투의 결과를 좌우하게 하는 극적인 관습을 예증하는 경우이다. 명치유신 직후 일본에서, 20세기 초 한국에서는 이광수의 번역을 통해 브루투스와 안토니의 이 연설문이 전체 극작품과 동떨어져 독립적으로 번역 소개되었다는 사실은 번역자들의 정치적 무의식과 더불어 셰익스피어의 극언어가 지닌 매력이 어떠했는지를 증명한다.

셰익스피어는 가장 정치적인 것이 가장 연극적인 것이며, 가장 연극적인 것이 가장 정치적인 것이라고 생각한다. 브루투스는 자신들의 시저 살해가 앞으로 탄생할 신생국가에서 자신들이 알 수 없는 외국어로 반복해서 공연될 것이라고 말하는데, 이것은 정치적 반란이 세상이라는 현실 무대에서 지속될 것이라는 셰익스피어의 확신을 대변하는 것이다. 브루투스는 시저 살해를 일종의 희생 제의로 규정하며 자신과 자신의 일파는 인간 도살자들이 아니라 제사장이라고 주장하며 시저의 피에 손을 씻고 칼에 그 피를 바르는 의식을 치른다. 이것 역시 정치행위를 연기술과 동일시하는 셰익스피어의 인식을 반영하는 것이며, 그의 영국사극 가운데서 빈번하게 발견되는 유비이기도 하다. 말을 바꾸면, 연극은 정치이기 때문에 연극 무대는 현실정치가 펼쳐지는 세상의 공간이며, 정치가 연극이기 때문에 정치 역시 극적인 긴장과 반전을 동반하는 볼거리이며 상상력을 통한 참여와 공감, 비판이 필요한 분야임을 셰익스피어는 연극과 정치의 유비적 상동관계를 통해 제시한다.

이런 이유로 그의 로마비극/사극들은 여전히 현실적인 가치를 지니고 있으며 시공을 달리해서 상연되고 있다. 셰익스피어가 로마 공화정의 위기를 16세기 말 자신의 당대 영국의 상황에 견주어 대입하고 있다면, 패권주의 정치가 세계질서를 위협하고 있는 작금의 현실에서도 『줄리어스 시저』는 옛날 남의 나라 이야기가 아닌 이곳 우리들의 이야기이다. 작품을 끝까지 읽는 독자들은 쉽게 이해하겠지만 셰익스피어는 이 작품을 내용상 일종의 미완으로 남겨놓고 있다. 옥타비우스 시저와 안토니의 대립, 이들 두 사람과 레피두스가 펼치는 2차 삼두정치의 과정을 작품 후반에 암시함으로써 셰익스피어는 『안토니와 클레오파트라』에서 이어서 전개될 로마의 역사적 상황을 전조한다. 시저의 복수는 아직 끝나지 않았다. 연극 속에서 그리고 역사적 현실 속에서.

번역은 T. S. Dorsche가 편집한 아든 셰익스피어와 Norman Hudson이 편집한 판본을 저본으로 삼았다.

목차

등장인물들

줄리어스 시저

옥타비우스 시저

마크 안토니

에밀리우스 레피두스

시저 사후 삼두정치인들

키케로

푸블리우스

포플리우스 레나

원로원 의원들

마커스 브루투스	
카시우스	
카스카	
트레보니우스	줄리어스 시저를 반대하는 음모자들
리가리우스	
데시우스 브루투스	
메텔리우스 심버	
킨나	
플라비우스, 마룰루스	호민관들
크니도스의 아르테미도러스	수사학 교사
킨나	시인
점쟁이	
루실리우스	
티티누스	
메살라	브루투스와 카시우스의 친구들
젊은 카토	
볼룸니우스	

바로

클리투스

클로디우스　　　　　　　　　브루투스의 부하들

스트라토

루시우스

다르다니우스

핀다루스　　　　　　　　　　카시우스의 하인

캘퍼니아　　　　　　　　　　시저의 부인

포셔　　　　　　　　　　　　브루투스의 부인

기타 원로원 의원들, 평민들, 보초들, 시종들

줄리어스 시저

1막 1장

〔로마의 거리〕

호민관 플라비우스, 마룰루스, 몇몇 평민들 무대 위에 등장.

플라비우스 이 게으른 자들아, 가라, 가. 집으로 가란 말이다.
오늘이 공휴일이란 말이냐? 아니, 직공인 주제에
근무일에 직업 표시도 없이 거리를 쏴 다녀서는
안 된다는 사실을 모른단 말이냐?
그래 너는 무슨 일을 하는 자인고?

목수 목공입니다.

마룰루스 그렇담 가죽 앞치마와 자는 어디다 팽개쳤느냐?
가장 화려한 옷을 차려입고 무얼 하고 있단 말이냐?
여보게, 자네는 직업이 뭔가?

구두수선공 훌륭한 직공에 비교해볼 때 저는, 아시겠지만, 천한 직공이죠.

마룰루스 직업이 뭐냔 말이다. 바로 말해라.

구두수선공 바라건대 바른 양심을 가지고 살아가는 그런 직업입니다. 사실은 헌 밑창을 수선하는 자입니다.

플라비우스 건방진 녀석, 직업이 뭐냔 말이다, 직업이.

구두수선공 아니 그렇게 저한테 화를 내지 마십시오. 그렇지만 화가 나셨다면 제가 고쳐드릴 수 있습니다.

마룰루스 이 건방진 놈아, 나를 고쳐준다니, 이게 무슨 말이냐?

구두수선공 나리님을 고쳐드린단 말입니다.

플라비우스 자네는 구두수선공이군, 그렇지?

구두수선공 그렇습니다. 송곳으로 먹고삽니다. 어느 상인의 일이나 어느 여인의 일에도 간섭하지 않습니다. 다만 낡은 구두 고치는 일이 전부입니다. 구두창이 크게 해어지면 제가 덧씌워줍니다. 쇠가죽 신발을 신고 걸어 다닌 양반님들은 전부 제 손을 거쳐 갔죠.

플라비우스 그렇다면 어째서 오늘은 공방에 있지를 않고
나와 있느냐? 왜 이 사람들을 거리로 끌고 다니느냐?

구두수선공 그야 그들의 구두를 닳게 해서 일감을 더 마련하기 위함입죠. 그렇지만 실은 시저의 개선행진을 보고 즐기기 위해 휴업을 했습니다.

마룰루스 무엇 때문에 즐긴단 말이냐? 시저가 무슨 전리품을
가져온단 말이냐? 도대체 포로가 된 어떤 왕들이 그를
따르며 그의 마차 바퀴를 장식하고 있단 말이냐?
이 목석들아, 목석보다 더한 녀석들아!

아 무정하고 잔인한 로마인들이여,
폼페이를 잊었단 말이냐? 수만 번 그대들은
성벽과 포대와 탑과 유리창과 굴뚝 꼭대기에
기어오르지 않았더란 말이냐,
어린아이들을 품에 안고 온종일 그곳에 앉아서
위대한 폼페이가 로마의 거리를 지나가는 것을
보기위해 눈 빠지게 기다리지 않았더란 말이냐?
그의 전차가 나타나자마자
일제히 고함을 질러 타이버 강이
움푹 파인 강기슭에 생긴
그대들의 고함소리 메아리를 듣고
강둑 아래에서 부들부들 떨지 않았더냐?
그런데도 너희들은 이제 가장 화려한 옷을 입고
오늘을 휴일로 택했단 말이냐?
폼페이의 자손을 무찌르고 돌아오는
시저의 길에 꽃을 뿌린단 말이냐?
꺼져라 이놈들아!
집으로 달려 돌아가서 무릎을 꿇고
배은망덕에 닥치기 마련인 염병을
막아달라고 신들에게 기도나해라.

플라비우스 자, 동포들이여, 다들 가서 이 죄과를 치를

너희들과 같은 불쌍한 인간들을 모두 모아
타이버 강둑으로 끌고 가서
가장 낮은 물결이 가장 높은 강둑에 닿을 때까지
수면에 눈물을 쏟아 부어라.

(평민들 모두 퇴장)

보라, 저 가장 비천한 인간들도 얼마나 감동했는지!
죄의식 때문에 찍소리 못하고 다들 사라졌구나.
자네는 그쪽 길로 의사당 쪽으로 내려가게,
나는 이쪽으로 가겠네. 동상들이 축제의 장식으로
장식되어 있거들랑, 그 장식들을 벗겨버리게.

마룰루스 그래도 괜찮을까?
자네도 알듯이 오늘은 루퍼칼리아 축제일[1]이네.

플라비우스 상관없어. 어떤 동상도 시저의 장식으로
치장되어 있지 않게 하게나.
나도 주변을 돌아다니며
사람들을 거리에서 몰아내겠네.
그러니 사람들이 모여 있는 곳을 보거든

---

1) 매년 2월 15일 판(Pan) 신을 기념해 열리는 일종의 정화제이다. 루퍼키라고 불리는 축제 참가자들이 산양(염소) 가죽으로 만든 끈을 들고 다니면서 마주치는 사람들을 때렸는데, 불임 여성의 경우 이 가죽 끈으로 맞으면 임신할 수 있다고 믿었다. 야생 염소가죽이 불임을 치유한다고 믿었던 것은 염소가 힘이 좋고 강한 생식력을 보이기 때문이다.

그렇게 하게나. 이렇게 마구 자라나고 있는
깃털들을 시저의 날개에서 뜯어버려야
그가 보통 높이로 날게 될 것이야.
안 그러면 사람들 시야보다 높이 날아올라
우리 모두를 두려움에 찬 노예로 만들 거야.

(모두 퇴장)

1막 2장

〔광장 한 곳〕

시저 등장. 달리기 경주를 위해 안토니가 등장하고,
이어 캘퍼니아, 포셔, 데시우스, 키케로, 브루투스, 카시우스 등장.
군중이 뒤따라 등장, 그 가운데 점쟁이 등장

시저 캘퍼니아!

카스카 다들 조용! 시저가 말씀하신다.

시저 캘퍼니아!

캘퍼니아 분부하십시오, 낭군님.

시저 안토니가 경주를 할 때
바로 그 길목에 서 계시오. 안토니!

안토니 시저여, 부르셨습니까?

시저 안토니, 자네가 달릴 때에 캘퍼니아 몸에
손대는 것을 잊지 말게나. 우리 어른들의 말에 따르면,

이 성스런 달리기에서 몸을 닿게 된 불임 여성들은
그 불임의 저주를 떨쳐버리게 된다네.

안토니 명심하겠습니다.
시저가 "이렇게 하라"고 명하시면, 바로 실행에 옮겨지죠.

시저 출발하게. 어떤 의식도 빠뜨리지 말게나.

(나팔소리)

점쟁이 시저여!

시저 아니, 누가 찾는고?

카스카 모두들 조용히 하라, 다들 조용히 하라!

시저 무리 중에서 나를 찾는 자가 그 누구인가? 어떤
음악소리보다 더 날카로운 목소리가 "시저여!"하고
나를 부르는구나. 말하라, 시저는 들으려한다.

점쟁이 삼월 십오 일을 조심하시오.

시저 이자가 누구인가?

브루투스 점쟁이가 삼월 십오 일을 조심하라고 합니다.

시저 그자를 내 앞으로 데리고 오시오. 얼굴을 봐야겠소.

카시우스 여보게, 군중들 가운데서 앞으로 나와서 시저를 보게나.

시저 방금 나에게 뭐라고 말했나? 다시 말해보게.

점쟁이 삼월 십오 일을 조심하시오.

시저 저자는 몽상가이구먼. 내버려두고 가세.

(나팔소리. 브루투스와 카시우스를 제외하고 모두 퇴장)

카시우스 경주하는 상황을 보러 가시겠소?

브루투스 아닐세.

카시우스 구경하셨으면 합니다.

브루투스 나는 경기를 좋아하지 않소. 나는 안토니가
지니고 있는 그런 경쾌한 기질이 못되오.
나 때문에 보고 싶은 것을 방해받지 말고
가보시오.

카시우스 브루투스여, 내가 최근에 지켜본 바로는
예전과 달리 당신 눈에서 그 부드러움과
사랑스러운 표시를 찾아볼 수 없소이다.
사랑하는 친구들에 대해서 너무나 딱딱하고
낯선 태도를 취하고 있어요.

브루투스 카시우스여,
오해하지 마시오. 만약에 내가 얼굴을 가렸다면
내 얼굴에 나타난 고민은 전적으로
나 자신 때문이오. 요사이 갈등하는 감정으로
마음이 괴로운데, 이건 순전히 나 자신에 대한
감정이오. 이로 인해서 내 행동에 오점이 생긴 것이니
그 때문에 나의 친구들이 괴로워할 필요는 없소.
카시우스 자네도 그 친구들 중 한 명이니 마찬가지요.
그러니 가련한 브루투스가 자신과 갈등에 빠져

다른 사람들에게 우정의 표시를 잊고 있다는
그 이상으로 나의 태만을 여기지 말아주시오.

카시우스 그렇다면 브루투스여, 내가 그대의 고통을 크게
오해했소. 그로 인해서 그대의 큰 가치가 있는 생각들,
값진 생각들을 이 내 가슴이 묻어버렸소.
브루투스여, 그대는 그대 얼굴을 볼 수 있나요?

브루투스 아니, 볼 수 없지. 눈은 반사에 의해서만, 다른 어떤
물건에 비춰서만 스스로를 볼 수 있는 법이오.

카시우스 맞습니다.
브루투스여, 그대는 애석하게도
자신의 모습을 볼 수 있도록 당신 시야에
숨은 가치를 들춰내 줄 그러한 거울이
당신에겐 없습니다. 불멸의 시저를 제외한
로마에서 가장 존경받는 많은 사람들이
브루투스를 얘기하고, 또 이 시대의
질곡 아래서 신음하면서, 그 훌륭한 브루투스가
자신을 볼 수 있는 눈을 가졌으면 하고
바라고 있다고 들었습니다.

브루투스 카시우스여, 무슨 위험으로 나를 내몰 작정이길래
그대는 나로 하여금 내 속에 없는 것을
들여다보기를 원하는 거요?

카시우스 그러니 선한 브루투스여, 들어보시오.
거울에 비친 반사에 의하지 않고는
그대는 자신을 잘 볼 수가 없으니
그대의 거울인 내가 그대가 알지 못하는
그대 자신의 것을 그대에게
살짝 보여드리겠소.
그러니 고귀한 브루투스여, 나를 의심하지 마시오.
나를 흔해빠진 조롱거리로나 새로이 사귀자는
모든 사람들에게 싸구려 맹세로 내 우정을 팔아넘기는
사람으로나 사람들에게 아양을 떨며 뜨겁게
포옹을 하고나서 돌아서서 욕을 하는 사람으로나
연회석상에서 누구에게나 마구 우정을 표하는
그런 사람으로 알고 계신다면,
나를 위험한 인물로 보셔도 좋습니다.

(나팔소리와 환호성)

브루투스 이게 무슨 환호성인가? 혹시 사람들이 시저를 왕으로
추대하려는 걸까.

카시우스 아, 염려가 되십니까? 그렇다면
그대는 그것을 원치 않는다고 생각해야 되겠군요.

브루투스 그렇소, 카시우스. 그렇지만 시저를 사랑하오.
그런데 무슨 이유로 나를 이렇게 오랫동안

잡아두고 있소? 나에게 무슨 말을 하고 싶은 거요?
공익에 관한 얘기라면 한쪽 눈에 명예를,
다른 쪽 눈에 죽음을 얹어놓는다 한들
양쪽을 사심 없이 태연히 바라보겠소.
내가 죽음을 두려워하는 것보다 명예라는 이름을
더 사랑하는 만큼, 신들이시여 내게 축복을 내리소서.

카시우스 브루투스여, 내가 그대의 외모를 잘 아는 만큼이나
그대가 그러한 용기를 지니고 있다는 점을 알고 있소.
내가 얘기하고자하는 문제가 명예입니다.
그대와 다른 사람들이 삶에 대해서 어떻게 생각하는지
내가 알 수 없지만, 나 자신에 관해서 말하자면
나와 같은 인간은 두려워하면서 사느니
차라리 죽는 것이 좋을 것 같소.
나는 시저와 마찬가지로 자유인으로 태어났소.
그대 또한 마찬가지요. 우리 모두 똑같은
음식을 먹고, 시저와 마찬가지로 우리 둘 다
겨울 추위를 잘 견딜 수 있소.
언젠가 추운 강풍이 불고 격랑의 타이버 강이
강둑에 부딪히던 날 시저가 나에게
이렇게 말했소. "카시우스여, 나와 함께
저 성난 강물에 뛰어들어 저쪽 강둑까지

헤엄쳐갈 수 있겠소?" 그 말을 듣자마자
옷을 입은 채로 나는 강물에 뛰어들어
시저에게 뒤따르라 했소. 그러자 그도 뛰어들었지요.
급류가 으르렁거렸고 우리들은 왕성한 힘을 다해
급류를 박차고 나아가며 물결을 헤치고
서로 경쟁하듯 용감히 나아갔습니다.
그러나 우리가 목적지에 도달하기 전에
시저가 외쳤습니다. "카시우스, 도와주시오.
아니면 내가 익사하겠소!"
우리들의 조상인 이니어스가 트로이의 불길을 피해
늙은 아버지 앤키스를 어깨에 들춰 멘 것처럼
내가 타이버 강의 성난 물결 속에서 지친
시저를 업었습니다. 그런데 바로 그 사람이
이제는 신이 되고 카시우스는 한낱
비천한 인간이 되어 시저가 무심코 고개를
끄덕여주면 허리를 숙여야하는 신세가 되었습니다.
스페인에 있을 때 시저는 열병에 걸렸는데
열기가 엄습하면 온몸을 부들부들 떨었죠.
이 신과 같은 인간이 온몸을 떨었다는 것은
사실입니다. 그의 질린 입술은 파리해졌고,
지금은 눈자위만 돌아가도 온 세상을 겁나게 하는

바로 그 눈빛이 그 때는 빛을 잃었었죠.
그의 신음소리도 들었습니다.
로마인들로 하여금 자신을 주목하고 그들의 공책에
자신의 일언일구를 기록하게 했던 그의 혀는
아, 병든 여자아이처럼 이렇게 외쳤습니다.
"티티니우스, 내게 마실 것을 좀 주시오."
아, 제신들이여, 그렇게 무기력한 자가
온 천하를 앞질러서 영광을 독차지 하다니
놀라운 일입니다.

(함성과 나팔소리)

브루투스 또 다시 일제히 함성이 이는구나!
이들 박수갈채야말로 시저에게
어떤 새로운 영예를 부여하기 때문이겠지.

카시우스 보시게, 그는 거상 콜로수스처럼
이 비좁은 세상을 활보하는데 우리, 초라한
인간들은 그의 거대한 발아래에서 걸어 다니며
면목 없는 무덤을 이리저리 찾고 있을 뿐이오.
인간은 어떤 시점에서 자신의 운명의 주인인 관계로
우리가 남의 아랫사람인 이유는
별들 때문이 아니라 우리 자신의 탓이오.
브루투스와 시저라는 두 사람 중에서

도대체 "시저"라는 이름에 무엇이 있기에
시저라는 이름이 당신 이름보다 더 유명하단 말이오?
그 이름들을 나란히 써보시오. 그러면 당신 이름도
그의 이름 못지않게 아름다운 이름이오.
그 이름들을 불러보시오. 둘 다 입에 어울리지요.
무게를 달면 모두 같은 무게가 나가지요.
그들 이름으로 주문을 걸어보시오.
"브루투스"란 이름도 "시저"란 이름과 마찬가지로
당장 귀신을 불러낼 것이오.
자, 천지신명의 이름으로 묻건대
도대체 이 시저는 무슨 음식을 먹고 살기에
이처럼 위대해졌단 말입니까?
이 무슨 치욕의 시대란 말인가!
로마여, 너는 고귀한 혈통을 상실했구나!
대홍수 이래 모든 명성이 한 사람에게
독점된 시대가 있었단 말인가? 지금까지
로마의 역사를 말할 때 로마의 드넓은 성벽이
한 사람만을 에워쌌다고 말하던 때가 있었단 말인가?
이제 로마에는 단 한사람만이 있으니
이야말로 로마에 충분한 공간이 있는 셈이군요.
아, 그대와 나는 우리들의 조상들이 이렇게

말하는 것을 들었소, 로마를 왕이 다스리게 하기보다는
차라리 지옥의 악마가 다스리도록 편을 허용했을 법한
브루투스 같은 사람이 있었다고.

브루투스 그대가 나를 사랑한다는 점에 대해서는 추호도
의심이 없소. 내가 무엇을 하기를 그대가 원하는지
대강 짐작이 가오. 내가 얼마나 이런 일에 대해서,
또 이런 시대에 대해서 생각해왔는지 나중에
말해주겠소. 그러니 그대에게 간청하건데
당분간은 내 마음을 움직일 생각을 마시오.
그대가 말한 바는 생각해보겠소. 그대가
말해야 하는 바 또한 끈기 있게 경청하고,
그런 중요한 일들을 듣고 대답하기 적절한
시간을 찾아보겠소. 그러니 귀한 친구여,
그때까진 이점을 심사숙고해보시게. 브루투스는
이 시대가 우리들에게 부과할 것 같은 이 어려운
상황에서 로마의 아들로 불리기보다는
차라리 촌뜨기가 되겠소.

카시우스 나의 빈약한 말들이
브루투스에게 이런 불길을 점화시켜
번져 나오게 했다는 사실이 나는 기쁘오.

시저와 그의 추종자들 등장

브루투스 경기가 끝나고 시저가 돌아오는군.

카시우스 그들이 지나갈 때 시저의 소맷자락을 끌어당기시오.
그러면 시저는 얼굴을 찌푸리며 오늘 무슨
중요한 일이 있었는지 그대에게 물을 것이오.

브루투스 그렇게 하리다. 그러나 카시우스여, 잘 보시오.
시저의 이마에 성난 자국이 빛나고 있고 나머지
모든 사람들은 꾸중들은 무리 같은 표정을
짓고 있소. 캘퍼니아의 뺨은 창백하고, 키케로도
그가 원로원에서 회의 중 몇몇 원로원 의원들의
반대에 처했을 때 우리가 보았던 것처럼
족제비 같은 성난 눈빛으로 바라보고 있소.

카시우스 카스카가 무슨 일인지 알려주겠지요.

시저 안토니!

안토니 시저여, 부르셨습니까?

시저 내 주변에 뚱뚱한 사람들을 붙여주시오.
머리가 통통하고 밤에 잠 잘 자는 사람들 말이오.
저기 카시우스는 비쩍 마르고 굶주린 표정을 하고 있소.
그는 생각이 너무 많소. 그런 사람들은 위험하오.

안토니 시저여, 그를 두려워하지 마시오. 그는 안전합니다.
훌륭한 로마인이고, 훌륭한 성품을 타고났습니다.

시저 그가 좀 더 뚱뚱하면 좋으련만! 그렇다고 그를
두려워하는 것은 아니오. 그러나 이 시저가
두려운 상대를 갖게 된다면 저 말라빠진
카시우스만큼 피하고 싶은 상대가 있는지
모르겠소. 그는 책을 너무 많이 읽소.
그는 관찰력이 좋고 사람의 행동을
꿰뚫어 보오. 그자는 안토니 자네와 달리
놀이를 좋아하지 않소. 음악도 좋아하지 않고
좀처럼 웃지도 않으며, 웃는다고 해도
마치 자기 자신을 조롱하는 듯한 미소를 지으며
사소한 일에 웃음이 나올 정도로 그렇게 마음이 동한
자신의 마음을 경멸하듯이 웃지요. 그와 같은
사람들은 자신보다 위대한 사람들을 보면
절대로 마음이 편치 않은 법이오.
그러니 저런 인간들은 대단히 위험하오.
내가 두려워해서가 아니라 두려워해야할 대상이 무엇인지
그대에게 일러주는 것이오. 어디까지나 나는 시저니까.
왼쪽 귀가 안 들리니 이쪽 오른 쪽으로 와서
카시우스에 대한 자네 생각을 내게 말해주게나.

(나팔소리. 카스카만 제외하고 시저와 그의 모든 추종자들 퇴장)

카스카 내 외투를 잡아당긴걸 보니 나에게 할 얘기가 있소?

브루투스 그렇소, 카스카. 오늘 무슨 일이 있었기에 시저가 저렇게 심각한 표정을 짓고 있소?

카스카 아니 같이 있지 않았습니까?

브루투스 그랬다면 무슨 일이 있었냐고 그대에게 물을 리가 없지요.

카스카 시저에게 왕관이 수여되었소. 왕관이 제공되었을 때 시저가 손등으로 이렇게 밀쳐 거절을 했고 시민들이 환호성을 질렀소.

브루투스 두 번째 함성은 무엇 때문이었소?

카스카 그것도 역시 마찬가지 이유였소.

카시우스 함성이 세 번 들렸는데, 세 번째는 무엇 때문이었소?

카스카 그것도 같은 이유였소.

브루투스 세 번씩이나 왕관이 제공되었단 말입니까?

카스카 정말 그렇소. 시저는 세 번씩이나 거절했는데 매번 이전보다는 더 점잖게 거절했소. 거절할 때마다 선량한 로마 시민들이 함성을 질러댔소.

카시우스 누가 시저에게 왕관을 제공했소?

카스카 그야, 안토니지요.

브루투스 카스카여, 그 모습을 우리에게 일러주시오.

카스카 그 모습을 말해주느니 차라리 교수형을 당하겠소. 그건 완전한 농간이어서 똑똑히 보지도 않았소. 마크 안토니가 시저에게 왕관을 주는 것은 보았는데, 그것은 정식 왕관이라기보다는 조그만 약식 왕관중의 하나였소. 내가 말했듯이 시저는 곧바로 손등으로 거절했소. 그럼에도 불구하고 내 생각에 시저는 그것을 기꺼이 갖고 싶어 하는 것 같았소. 안토니가 왕관을 다시 건네자 이번에도 거절했소. 그러나 시저는 왕관에서 손가락을 떼기를 싫어하는 것 같았소. 안토니가 왕관을 세 번째 주었을 때, 시저는 세 번째로 거절했소. 시저가 왕관을 계속 거절했기에 오합지졸들이 휘파람을 불고 갈라터진 손으로 박수를 쳐대고 땀에 젖은 모자를 집어 던지고, 시저가 왕관을 거절했다며 고약한 냄새 나는 입김을 지독하게 뿜어내서 시저가 거의 질식할 지경이었소. 그 함성소리에 기절해서 넘어졌으니 말입니다. 나로서는 입술을 벌렸다간 그 나쁜 공기를 들이마시게 될까 겁이 나서 감히 웃지도 못했습니다.

카시우스 잠깐! 그래, 시저가 기절했단 말입니까?

카스카 시장에서 쓰러져서 입에 거품을 물고 말이 없었소.

브루투스 그럴 법도 하지요. 시저는 간질병이 있소.

카시우스 아니 그렇지 않습니다. 브루투스 당신과 나, 그리고
정직한 카스카, 바로 우리들이 간질병을 앓고 있습니다.

카스카 간질이라니 무슨 말씀인지 통 모르겠지만 시저가 쓰러진 것만은 확실합니다. 오합지졸 시민들이, 마치 극장에서 배우들에게 하듯이, 자기들 기분 내키는 대로 시저에게 박수를 보내거나 야유를 보내지 않았다면 내가 성을 갈지요.

브루투스 시저가 의식이 돌아왔을 때 뭐라고 하던가요?

카스카 정말 쓰러지기 전에 자신이 왕관을 거절하자 일반 군중들이 즐거워하는 것을 알아차리고, 그는 겉저고리를 열어 제치고 그들에게 자신의 목을 자르라고 내놓았습니다. 만일 내가 천한 직업을 가진 사람인데도 즉석에서 그를 죽이지 못했다면, 나는 그 무리들 틈에 끼여 지옥에라도 가고 싶은 심정입니다. 시저는 쓰러졌고 다시 제정신이 돌아왔을 때, 자신이 뭔가 잘못된 언행을 했다면 그건 자신의 질병 때문이었다고 군중들이 여겨주기를 바란다고 말했습니다. 내가 서 있던 곳에 서너 명의 아낙네들이 "아, 훌륭한 사람이여!"하고 외치고선 진심으로 그를 용서해주었습니다. 그러나 그들에 대해선 이제 더 이상 신경 쓸 필요가 없습니다. 시저가 자신들의 어머니를 찔러 죽였다 한들 그들은 똑같이 했을 것입니다.

브루투스 그런 후에 그처럼 심각한 얼굴로 여기 왔다는 말입니까?

카스카 그렇습니다.

카시우스 키케로는 무슨 말을 했나요?

카스카 희랍어로 알 수 없는 말을 했습니다.

카시우스 무슨 의미였습니까?

카스카 아니, 내가 그걸 알아들었다면 다시는 그대들을 볼 일이 없는 사람이지요. 그렇지만 그의 말을 이해한 사람들은 서로 빙그레 웃으며 고개를 끄덕였습니다. 그렇지만 나로서는 도무지 알 수 없는 말이었습니다. 몇 가지 소식들을 더 알려드리지요. 마룰루스와 플라비우스는 시저의 동상에서 장식 천들을 벗겨낸 죄로 견책을 당했습니다. 저는 갑니다. 일일이 기억하지 못하지만 더 많은 우스꽝스런 일들이 있었지요.

카시우스 카스카, 오늘 저녁 식사 같이 하겠소?

카스카 아닙니다. 바깥 선약이 있습니다.

카시우스 그러면 내일 할까요?

카스카 내가 만일 살아있고, 그대 마음이 바뀌지 않고 음식이 먹을만하다면 그렇게 하지요.

카시우스 좋습니다. 기다리지요.

카스카 그렇게 하시지요. 그럼 두 분 다 안녕히.

(퇴장)

브루투스 참 둔한 친구가 되었군!
학교 때는 민활한 친구였는데.

카시우스 이렇게 느려빠진 자태를 취함에도 불구하고
대담하거나 훌륭한 일을 집행함에 있어서는
저자는 지금도 여전히 민첩합니다.
이런 무례함은 그의 기지를 살리는 양념이어서
사람들로 하여금 그의 말을 더욱 맛있게
집어삼킬 수 있도록 합니다.

브루투스 그건 그렇지요.
그럼 가보겠소. 내일, 나와 할 얘기가 더 있거든

내가 그대 집으로 가지요. 아니면 그대가
우리 집으로 오셔도 좋소. 내 기다리지요.

카시우스 내가 가지요. 그럼 다시 만날 때까지
세상 걱정 좀 하시오.

(브루투스 퇴장)

브루투스여, 그대는 고귀한 인물이오. 그렇지만
내가 보기에 그대의 고귀한 성품은 원래의 기질에서
벗어날 수 있겠군. 그러니 고귀한 인물들은 끼리끼리
노는 것이 알맞지. 유혹에 안 넘어가는 사람이
어디 있겠어? 시저는 나에게 유감이 있지만
브루투스는 사랑하지. 내가 지금 브루투스고
그가 나 카시우스라면 브루투스는 나를 조종하려고
하지 않겠지. 오늘 밤에 로마가 그의 이름을 소중히
여긴다는 여러 사람의 필치로 쓰인 편지들을
마치 각각의 시민들이 보낸 것 인양 그의 창문에
던져놓아야겠군. 그 편지에 시저의 야심을 은밀하게
암시해놓아야지. 이런 연후에 시저로 하여금 안전하게 앉아있으려면 앉아있으라지. 우리들이 흔들어댈 터이니. 아니면 더 험한 날들이 계속되겠지.

(퇴장)

1막 3장

〔로마의 거리〕

우레와 번개. 양쪽 맞은편으로부터
키케로와 칼을 빼든 카스카 등장

키케로 안녕하시오, 카스카. 시저의 집에까지 따라갔었소?
왜 그렇게 숨이 차시오? 왜 그렇게 빤히 쳐다보시오?

카스카 온 지축이 다 불안한 물건처럼 흔들리는 판에
겁나지 않습니까? 아, 키케로여,
휘몰아치는 바람이 옹이진 참나무를 쪼개버린
태풍도 목격했고, 야심찬 대양이 위협하는 구름과
어깨를 나란히 하려고 거품을 물고 넘치며 포효하는 것도
보았습니다. 그렇지만 지금껏 오늘 저녁처럼
번개 치는 태풍을 뚫고 다녀본 적이 없소이다.
하늘에 내란이 일어났거나 아니면

인간세상이 신들에게 너무 불경스러워
신들이 파멸의 벌을 내리는가보오.

키케로 아니, 이보다 더한 것을 보았단 말이오?

카스카 보면 잘 아실만한 노예 녀석이 마치
스무 개의 횃불을 묶어놓은 듯이
불꽃을 내며 타오르는 자신의 왼손을
들어 올렸지만, 그의 손은 불길을 느끼지도 않고
그을리지도 않았소. 나는 더군다나 원로원을 마주하고
사자를 마주쳤는데, 그 사자가 나를
바라보더니 내게 아무 해악도 가하지 않고
그냥 지나쳐 가버렸소. 그래서 내가 지금껏 칼을 빼들고
다니는 것이오. 겁에 질려 파리해진 백여 명의 여인들이
무리지어 그곳으로 몰려왔는데, 그들은 온통
불이 붙은 남자들이 거리를 활보하고 다니는 것을
맹세코 보았다고 했소. 그리고 어제는 올빼미가
대낮에 괴성을 지르면서 장터에 앉아있었소.
이런 이변들이 연거푸 일어날 때 "이러이러한 것들이
그 이유이고, 이런 일들은 자연스런 것이다"라고
말할 수 없는 법이지요. 내가 알기로
이것들은 이런 일들이 일어나는 지역에
곧 밀어닥칠 흉사의 조짐이니까요.

키케로 정말 기괴한 때요. 그러나 사람들은
사물의 목적과는 완전히 동떨어져
자기 식으로 사물을 해석하는 법이지요.
내일 시저가 원로원에 갑니까?

카스카 그렇소. 내일 원로원에 갈 것이라는 말을
당신에게 전하도록 시저가 안토니에게 명했소.

키케로 그렇다면 카스카여, 잘 자시오. 하늘이 요동치니
걸어 다닐 날씨가 아니오.

카스카 잘 가시오, 키케로.

(키케로 퇴장)

카시우스 등장

카시우스 거기 누구요?

카스카 로마 시민이오.

카시우스 목소리를 들으니 카스카군.

카스카 귀도 밝소. 카시우스여, 무슨 이런 밤이 있단 말이오!

카시우스 정직한 사람에겐 매우 즐거운 밤이죠.

카스카 하늘이 이렇게 무서울 줄 누가 알았겠소?

카시우스 이 땅이 결함으로 가득하다는 사실을
알고 있었던 사람들이겠죠. 나로서는
밤의 위험에 몸을 맡긴 채 거리를 쏴 다녔고,

당신도 보다시피 이렇게 웃옷을 풀어헤친 채
벌거벗은 가슴을 천둥번개에 내밀었소이다.
십자모양 푸른 빛 번개가 하늘의 심장을 열어
제치는 것처럼 보였을 때 그 번쩍이는
번갯불을 향해 나 자신을 들춰보였소.

카스카 그러나 어째서 그렇게 위험을 자초한단 말이오?
최고로 강력한 신들이 우리 인간들을 놀래주기 위한
징표로 그런 무서운 전령들을 내려 보낼 때
두려워 전율하는 것이 인간의 몫입니다.

카시우스 카스카, 당신은 참 둔하시군요. 로마인에게 있어
마땅한 그런 생명의 불기가 그대에겐 없어요.
아니면 있는데도 사용하지 않던지. 이상하게
요동치는 하늘을 보고서 당신은 창백해지고
겁에 질려 어찌할 바를 몰라 합니다. 그러나
왜 이런 불길이 일고 왜 이렇게 유령들이 질주하고
왜 이렇게 새와 동물들이 본성을 저버리고,
왜 이렇게 노인들과 바보와 어린아이들이 예언을 하고
왜 이 모든 것들이 일상을 벗어나서 타고난
천성과 목적을 저버리고 끔찍하게 변했는지
그 진짜 원인을 당신이 생각해본다면,
현재의 끔찍한 상황에 대한 무서운 경고로

이것들을 이용하기 위해 하늘이 이런 변고를
가져왔다는 사실을 알게 될 것입니다.
자, 카스카여, 내가 이제 그대에게 이 끔찍한 밤과
빼닮은 한 사람을 알려줄 작정이오. 그 자는
마치 원로원으로 들어온 사자가 그러하듯이
천둥번개 치며, 무덤을 열어 제치고 으르렁거리고
있소이다. 개인적인 행동에 있어서는
그대나 나보다 힘이 세지도 않지만
오늘 밤의 변고처럼 무섭고 두려운 인물이 되었소.

카스카 카시우스여, 시저 말이지요, 그렇죠?

카시우스 좋을 대로 생각하시오. 오늘의 로마인들은
조상들과 똑같은 힘줄과 사지를 지녔지만,
통탄 할지어다! 조상들의 남자다운 기백은 죽어버렸고
우리들은 여자의 마음을 뒤집어쓰고 있소이다.
고동스런 굴레를 견디고 있으니 여사랄 수밖에.

카스카 맞아요. 사람들 말로는 내일 원로원 의원들이
시저를 왕으로 옹립할 작정이랍니다.
그러면 시저는 이곳 이탈리아를 제외한 온갖 곳에서
바다에서나 땅에서나 그 왕권을 쓰고 있겠죠.

카시우스 그러면 이 단검을 어디에 차야 될지 나 역시
알게 될 것이오. 카시우스가 속박에서 카시우스를

구해낼 것이오. 제신들이여, 그 때에 약한 자를
강하게 해주소서. 제신들이여, 그 때에 폭군을
물리쳐 주소서. 석탑도, 달련한 청동으로 만든
성벽도, 공기 희박한 동굴도, 강한 쇠사슬도
정신의 힘을 가둘 수는 없으리라.
그러나 이런 세상의 속박에 지친 생명은
스스로를 없애줄 힘조차 없는 것은 아니지요.
내가 이 사실을 알고 있다면, 세상 모든 사람들이
다 알고 있습니다. 내가 지금 견디고 있는 이 폭정을
내가 기꺼이 떨쳐버릴 수 있다고 말입니다.

(계속해서 천둥소리)

카스카 나도 마찬가지지요. 모든 노예들이
자신의 손 안에 자신의 속박을
떨쳐버릴 수 있는 힘을 지니고 있습니다.

카시우스 그렇다면 왜 시저가 폭군이 되어야한단 말입니까?
불쌍한 인간! 로마인들이 온순한 양이라는
사실을 알기에 시저가 늑대가 되려는 것이오.
로마인들이 사슴이 아니라면 시저는 결코
사자가 되지 못하오. 서둘러 큰 불을 지피려는
사람들은 검불로 시작하지요. 로마가 시저 같은
그런 무가치한 것을 밝히기 위해 천한 불쏘시개로

쓰이다니, 로마가 쓰레기 찌꺼기가 되었구나!
그러나, 아, 슬픔이여, 나를 어디로 끌고 왔단 말이냐?
기꺼이 노예가 되려는 자 앞에서 이런 소리를
떠들고 있구나. 그렇다면 내 말에 책임을
져야만 하겠지. 그러나 단단히 준비가
되었으니 내게 위험은 상관없지.

카스카 지금 그대 말 상대는 카스카요. 그런 사람에게
비아냥거림은 안 통합니다. 잠깐, 내 손을 잡으시오.
이 모든 슬픔을 제거할 동지가 됩시다. 나도 그 누구보다
전심전력을 다 하리다.

카시우스 거래는 성사되었소.
카스카여, 가장 고결한 정신을 가진 로마인들
일부가 이 명예롭고 위험한 과업을 나와 함께
떠맡기로 결의했다는 사실을 알아두시오.
지금쯤 폼페이의 주랑에서 그들이 나를
기다리고 있소. 지금 시간 이 무서운 밤에
거리에는 개미새끼 한 마리 없고 하늘의
색깔은 우리가 감행하려고 하는 일처럼
핏빛에다가, 붉게 타오르니, 더없이 끔찍하오.

킨나 등장

카스카 잠시만 숨으시오. 누군가 서둘러 이곳으로 오고 있소,

카시우스 그건 킨나요. 발자국 소리를 들으면 알 수 있소.
킨나는 친구요. 킨나, 어디를 그렇게 서둘러 가나?

킨나 그대를 찾고 있소. 저건 누구요? 메텔루스 심버요?

카시우스 아니, 카스카요. 우리의 거사에 한 몸이 되었소.
킨나여, 다들 나를 기다리고 있지 않소?

킨나 카스카가 우리 편이 되었다니 기쁩니다. 참 끔찍한 밤이군!
우리들 중 두 셋이 기괴한 광경들을 보았소.

카시우스 다들 나를 기다리고 있지 않은지 묻지 않았소?

킨나 맞습니다. 아, 카시우스여,
그대가 그 훌륭한 브루투스만
우리 편으로 끌어들일 수 있다면--

카시우스 걱정 말게. 킨나여, 이 편지를 가지고 가서
브루투스가 볼 수 있도록 법무관의 의자에
이것을 놔두게. 그리고 이것은 그의 집 창문에
던져두게나. 이것은 옛 브루투스의 동상에다
밀랍으로 붙여놓게. 이 일을 다 마치거든
폼페이의 주랑으로 와서 우리와 합세하게나.
데시우스 브루투스와 트레보니우스가 거기에 있나?

킨나 메텔레스 심버만 제외하고 다들 있습니다. 심버는

그대를 찾기 위해 그대 댁으로 갔죠. 자, 그럼 저는
서둘러서 말씀하신대로 이 편지들을 갖다놓겠습니다.

카시우스 그 일을 마치거든 폼페이 극장으로 오게나.

(킨나 퇴장)

자, 카스카여, 자네와 나는 동트기 전에 브루투스를
그의 자택에서 만나세. 그는 사분의 삼은 이미
우리 편일세. 다음번에 만나면 그의 온몸을
우리 쪽으로 내어줄 걸세.

카스카 아, 그는 시민들의 신망이 높지요.
그래서 우리들만으로는 죄로 비칠 것이
그의 얼굴이 함께하면 용의 조화처럼
더없이 가치 있는 미덕으로 둔갑할 것입니다.

카시우스 그와 그의 가치, 그리고 우리에게
그가 꼭 필요하다는 것을
그대는 잘 생각했소. 자 갑시다,
한 밤중이 지났으니 동트기 전에
그를 깨워서 확실히 해 둡시다.

(모두 퇴장)

2막 1장

〔로마, 브루투스의 정원〕

브루투스 등장

브루투스 여봐라, 루시우스야!
별들의 운행으로 미루어 얼마 있으면
동이 트는지를 알 수가 없구나. 루시우스야!
나도 그렇게 곤히 잠들 수 있으면 좋으련만.
루시우스야, 언제 일어날거니? 언제? 일어나라, 일어나!

루시우스 등장

루시우스 주인님, 부르셨습니까?

브루투스 루시우스야, 내 서재에 횃불을 가져다 다오.
불을 밝혀놓았거든, 이리로 와서 나를 불러라.

루시우스 분부대로 하겠습니다. (퇴장)

브루투스 그가 죽어야만 해. 나로서는 그를 해칠
사적인 감정은 없지만 단지 인민을 위해서야.
그는 왕이 되려고 한다. 왕이 되면
성품이 어떻게 변할까, 그것이 문제야.
독사는 밝은 대낮에 태어나는 법이니
조심해서 걸어야지. 그에게 왕관을 씌운다고?
그렇게 되면 마음대로 해악을 행사하라고
그에게 독침을 주는 격이지. 권력이
연민과 분리되면 절대권이 악용되기 마련이지.
시저에 대한 진실을 말하자면, 그의 격정이
그의 이성을 지배한 적이 없었지.
그러나 오르는 자가 위를 쳐다볼 때
겸손함은 젊은 야심가의 사다리라는 것은
일반 경험으로 알 수 있지. 그러나
그 야심가가 제일 꼭대기 칸에 오르면
그때는 사다리에 등을 돌리고 구름을
바라보며 자신이 올라온 저 아래 칸들을
경멸하게 되지. 시저도 그렇게 될 거야. 그렇다면
그러지 못하도록 미리 막아야해. 지금으로서는
시저에 대한 불만의 원인을 찾을 수 없으니
이렇게 생각해보자. 지금의 시저가 힘이

더 강해지면 이러이러한 전제군주의 권력을
행사할 것이다. 그러니 그를 독사의 알로
간주하자. 그 알이 깨어나면 본성대로
위험해질 것이니 미리 알일 때 죽이자.

루시우스 다시 등장

루시우스 서재에 횃불을 밝혀놓았습니다. 유리창에서
부싯돌을 찾다가 이렇게 밀봉된 편지를
발견했습니다. 제가 잠자리에 들었을 때는
확실히 그곳에 없었던 것입니다.

(브루투스에게 그 편지를 건네준다)

브루투스 아직 동이 트기 전이니 다시 자거라.
얘야, 내일이 삼월 일일이 아니니?

루시우스 잘 모르겠습니다.

브루투스 달력을 보고서 내게 알려줘.

루시우스 그렇게 하겠습니다.

(퇴장)

브루투스 유성들이 휙휙 소리 내며 공중에 날고 있으니
그 불빛으로 편지를 읽을 수 있겠구나.

(편지를 개봉해서 읽는다)

브루투스여, 그대는 잠들어 있구나.

깨어나서 그대를 쳐다보시오. 로마가, 등등.
말하라, 휘둘러라, 바로잡아라! 브루투스여,
그대는 잠들어 있구나. 깨어나라!

이런 사주의 편지가 전에도 자주 떨어져 있어서
내가 주워보았지. "로마가, 등등." 말뜻을 이렇게
맞춰봐야겠군.
로마가 한 사람을 경외할 것인가?
뭐. 로마가? 나의 조상들이 로마의 거리에서
독재자 타르퀴니우스를 몰아냈지.
"말하라, 휘둘러라, 바로잡아라!" 나에게
말하고 휘두르라고 간청하는 건가?
아, 로마여, 내 그대에게 약속하노니
처방이 뒤따른다면 그대가 청원하는 바를
모두 브루투스의 손에서 얻게 될 것이다!

루시우스 다시 등장

루시우스 주인님, 삼월하고도 십오 일이 지났습니다.

(안에서 문 두드리는 소리)

브루투스 알았다. 누군가 온 듯하니 대문으로 나가 보아라.

(루시우스 퇴장)

카시우스가 처음 나로 하여금 시저에

대항하도록 충동질한 후 한숨도
못 잤다. 끔찍한 일을 행함과
첫 충동 사이의 모든 시간은
환상이나 무서운 악몽과 같구나.
그때는 양심과 사지가 서로
논쟁을 하고, 그러면 작은 왕국과 같은
인간의 몸은
마치 반란을 겪는 셈이지.

루시우스 다시 등장

루시우스 처남이신 카시우스가 주인님을 뵙고자
문간에 와 계십니다.

브루투스 혼자인가?

루시우스 아닙니다. 여러 명입니다.

브루투스 아는 사람들이던가?

루시우스 아닙니다. 모자를 귀까지 푹 눌러쓰고들 있고
옷자락으로 반쯤 얼굴들을
가리고 있어서 얼굴 모양을 보고는
도대체 알아볼 수가 없습니다.

브루투스 들여보내라.

(루시우스 퇴장)

음모꾼들이군. 아, 음모여,
사악한 것들이 마음대로 횡횡하는 밤에도
그 위험한 이마를 드러내는 것이 부끄럽단 말이냐?
그렇다면 낮에는 너의 그 끔찍한 얼굴을 감출
어두운 동굴을 어디서 찾겠단 말이냐?
음모여, 숨을 곳을 달리 찾지 말고 상냥한 미소
가운데 너를 숨겨라. 너의 본 모습을 하고
길을 간다면 어두운 지옥조차 너를
찾지 못하도록 숨길 수 없을 것이다.

음모자들인 카시우스, 카스카, 데시우스,
킨나, 메텔러스 심버, 트레보니우스 등장

카시우스 잠을 깨워서 죄송합니다. 브루투스여,
문안드립니다. 너무 일찍 깨웠습니까?

브루투스 밤새 잠 못 이루고 이 시간까지 깨어있었소.
자네와 같이 온 이 사람들은 내가 아는 사람들인가?

카시우스 그렇습니다. 하나같이. 다들 그대를 존경하는 사람들
뿐입니다. 그리고 한결같이 바라기로는
모든 훌륭한 로마인들이 그대에 대해 갖고 있는
그런 생각을 그대 자신도 가졌으면 하는 것입니다.
이자는 트레보니우스입니다.

브루투스 잘 왔소.

카시우스 이자는 데시우스 브루투스입니다.

브루투스 역시 잘 왔소.

카시우스 이자는 카스카, 이자는 킨나, 이자는 메텔러스 심버입니다.

브루투스 모두 잘 왔소. 무슨 잠 못 이룰
근심거리가 있어 이렇게
밤을 지새우고 있단 말입니까?

카시우스 긴히 드릴 말씀이 있는데요.

(둘이서 속삭인다)

데시우스 이쪽이 동쪽이군. 이쪽에서 동이 트지 않나?

카스카 아닐세.

킨나 아니, 맞습니다. 저기 구름을 가로지르는
저 잿빛 광선들이 새벽의 전령들입니다.

카스카 아니 둘 다 틀렸네.
이곳 내 칼끝이 향하는 곳이 동쪽이지.
아직 봄철임을 고려해보면
태양은 저 멀리 남쪽을 향하고 있네.
약 두 달 후에 북쪽을 향해
태양 빛이 처음 드러날 것이야. 바로 이곳
원로원이 서 있는 곳이 정동쪽일세.

브루투스 자 다들 한 사람씩 악수하세.

카시우스 그리고 맹세로 결심을 굳힙시다.

브루투스 아니, 맹세는 아닐세. 우리들의 체면,
영혼의 고통, 시대의 오용, 이런 것들이
충분한 이유가 못 된다면 일찌감치 그만두고
다들 가서 늘어지게 잠이나 자게나.
높이서 내려다보는 폭정이 활보하게 하고
제비뽑기로 사람들의 목이 잘리도록 내버려두세.
그러나 내가 말한 이것들이 겁쟁이들의 마음을
불 지르고 여인들의 허물어지는 정신도 강철처럼
용기백배하도록 만들진데, 동포들이여,
이 해악들을 바로잡기 위해서 우리 자신의 명분 말고
더 무슨 이유가 필요하단 말이오? 속이지 않고
진실을 말하는 결사의 로마인들 말고
더 무슨 언약이 필요하단 말입니까?
이 거사를 성사시키든지 아니면 모두 숙자는
정직이 정직과 맺은 언약 말고 무슨 다른
언약이란 말입니까? 사제나 겁쟁이나
사기꾼들이나, 늙고 연약한 죽은 목숨들과,
불의를 반기며 고통을 감내하는 비굴한
사람들이나 맹세하라고 하세요.
믿지 못하는 자들이나 의롭지 못한 일을 꾸밀 때

맹세를 하지요. 우리들의 대의나 실천이
맹세를 필요로 한다고 생각해서
우리 과업의 변치 않을 초심이나 꺾이지 않을
우리의 기백을 더럽힐 생각일랑 마시오.
자신의 입으로 뱉은 약속을 한 마디라도
저버린다면 로마인들의 혈관에 흐르고 있는
고귀한 피 한 방울까지
야만인의 피와 섞여 더렵혀질 것이오.

카시우스 키케로는 어떻게 할까요? 그의 속마음을 헤아려볼까요?
내 생각으로는 그도 확실히 우리 편입니다.

카스카 그를 빼지 맙시다.

킨나 절대로 빼서는 안 되죠.

메텔러스 그를 합류시킵시다. 그의 백발로 인해
우리들은 좋은 평판을 얻게 될 것이고
사람들이 이구동성으로 우리들의 행적을
찬양할 것입니다. 그의 판단력이 우리의
행동을 이끌었다고 소문이 날 것이고,
우리의 젊은 혈기는 드러나지 않고
그의 신중함 속에 다 묻히게 될 것입니다.

브루투스 아, 그의 이름을 거론하지 마시오. 그에게
우리의 결심을 알리지 맙시다. 다른 사람들이

시작한 일을 그는 결코 뒤따르지 않을 것이오.

카시우스 그렇다면 그를 뺍시다.

카스카 사실 그는 적합한 인물이 아니지요.

데시우스 시저 말고 다른 사람은 손대지 않는단 말입니까?

카시우스 데시우스, 말 잘 했소. 내 생각으로 시저의 사랑을
듬뿍 받고 있는 마크 안토니가 살아남는 것은
좋지 않소. 안토니는 사악한 모사꾼입니다.
다들 알다시피 그의 간계가 커지면
우리 모두를 괴롭히게 될 것입니다.
그러니 이를 미리 막기 위해서
안토니와 시저를 같이 처리합시다.

브루투스 카이어스 카시우스여, 머리를 절단하고 나서
사지를 난도질하게 되면 죽음에 있어서의
분노와 그 후의 악의와 마찬가지로 우리의
과업을 너무나 잔인하게 비지게 할 것이오.
안토니는 시저의 사족에 불과한 인물이오.
카이어스여, 우리가 제사꾼들이 될지언정
인간백정은 되지 맙시다. 우리들은 모두
시저의 정신에 대항하는 것인데, 인간의
정신에는 혈관이 없소. 아, 시저의 정신만
사로잡고 시저의 사지를 자르지 않을 수

있으면 좋으련만! 그러나 애석하게도
시저는 그 정신 때문에 피를 흘려야만하오.
훌륭한 친구들이여, 시저를 용감히
살해하지만 분노에 차서 하지는 맙시다.
신들에게 바칠 요리로 그를 난도질하지
사냥개들에게 줄 시체로 그를 절단하지 맙시다.
노련한 주인들이 그러하듯이 우리들의 심장으로 하여금
하인들을 분노에 찬 행동으로 내몰고 나서
그 하인들을 나무라는 척 하게 합시다. 그러면
우리들의 목적이 적개심이 아니라
필연적인 것이었음이 드러나게 될 것입니다.
일반 시민들의 눈에 그렇게 비치게 되면
우리들은 살인자가 아니라 치유자로 불릴 것입니다.
마크 안토니에 관해서 말하자면, 그자를
생각하지 마시오. 시저의 머리가 잘리고 나면
시저의 팔과 마찬가지로 그는 아무 일도
할 수 없게 될 것이오.

카시우스 그렇지만 그자의
시저에 대한 깊은 애정 때문에 안토니가 두렵습니다.

브루투스 카시우스여, 안토니를 염두에 두지 마시오.
시저를 사랑한다 해도 그가 할 수 있는 일이란

고작 자신에게 한정된 것으로, 시저를 사모하다
죽는 일뿐이오. 그 정도만 해도 대단한 일이 될 겁니다.
그자는 스포츠와 방탕과 친교에 빠져있으니.

트레보니우스 안토니를 겁낼 것 없습니다. 살려두시오. 그자는
살아서 나중에 이 일을 일소에 부칠 것입니다.

(시계 종소리가 울린다)

브루투스 다들 조용! 종소리를 세어보시오.

카시우스 새벽 세시를 쳤습니다.

트레보니우스 자 이제 헤어질 시간입니다.

카시우스 그런데 오늘
시저가 등청할지 안 할지가 확실하지 않소.
환상, 꿈, 전조에 관해서 그가 한때
지녔던 생각과는 완전히 동떨어져
최근에 시저는 미신을 믿고 있어서 말이오.
간밤의 전례 없던 공포와 분명한
이들 전조들과 그의 점쟁이들의
설득 때문에 오늘 시저가 원로원에
나오지 않을 수도 있습니다.

데시우스 그건 걱정하지 마시오. 그가 안 나오기로
결심했다하더라도 내가 설득할 수 있소.
일각수는 나무로 잡을 수 있고,

곰은 거울로 잡고, 코끼리는 함정으로,
사자는 올가미로, 인간은 아첨으로 잡는다는
얘기를 시저는 듣기 좋아합니다. 그러나
시저는 아첨꾼들을 싫어한다고 내가 말해주면
그게 최고의 아첨인줄 모르고 그렇다고 대답합니다.
내게 맡겨두시오. 내가 그의 기분을
최고로 맞춰 원로원으로 데려오겠소.

카시우스 아니오. 시저를 데리러 우리가 함께 그곳으로 가겠소.

브루투스 여덟 시까지면 넉넉하겠소?

킨나 그 정도면 넉넉하니 차질 없지요.

메텔러스 카이어스 리가리우스는 시저에게 유감이 커요.
폼페이를 칭찬했다고 시저에게 혼이 나서지요.
여러분들이 리가리우스 생각을 못했다니 이상하군요.

브루투스 자 메텔러스여, 리가리우스의 집 쪽으로 가시오.
그가 나를 사랑하는 충분한 이유가 있소이다.
그를 이곳으로만 보내주면 내가 알아서 하겠소.

카시우스 브루투스여, 아침이 밝아오고 있으니 가보겠습니다.
친구들이여, 다들 흩어집시다. 각자 약속한 바를
기억하고 진정한 로마인임을 증명해보이시오.

브루투스 친구들이여, 다들 상쾌하고 즐거운 표정을 지으시오.
표정에 우리들의 의도가 배어나선 안 됩니다.

로마의 배우들처럼 지치지 않는 열정과
지속적인 태도를 취하시오.
자 그러면 다들 잘 가시오.

(브루투스만 남고 모두 퇴장)

얘야! 루시우스! 벌써 잠들었느냐?
상관없다. 꿀 같은 단잠을 즐겨라. 분주한
걱정근심이 인간의 뇌 속으로 끌어들이는
환영이나 환상이 너에겐 없을 터이니.
그러니 곤히 자려무나.

포셔 등장

포셔 낭군이시여!

브루투스 부인, 무슨 일입니까? 어인 일로 이렇게 일찍
일어났소? 연약한 몸에 이렇게 새벽 찬바람을
쏘이는 것은 건강에 좋지 않소.

포셔 그대에게도 좋지 않지요. 지난밤에는 몰래 잠자리에서
빠져 나가셨지요. 그리고 어제 저녁 식탁에서는
갑자기 일어나서 생각에 잠겨 한숨을 쉬시면서
팔짱을 끼고 주위를 걸어 다니셨죠.
무슨 일이냐고 제가 묻자
이상한 표정으로 저를 빤히 쳐다보셔서

더 이상 묻지를 못했습니다. 그러자 머리를
긁으시고는 성급하게 발을 굴렀습니다.
그래도 제가 재차 묻자 여전히 대답을 안 하시고는
성난 듯이 손사래를 치시면서 저더러
혼자 있게 해달라는 신호를 보내시기에
이미 불붙은 화를 돋울까봐 겁이 나서 그렇게 했죠.
모든 사람이 때로 겪기 마련인 그런 일시적인
기분이기를 바라면서 말이죠. 이로 인해서
먹지도 못하고 말도 못하고 잠도 못 자니
낭군님 정신에 영향을 끼친 것과 마찬가지로
신체에도 영향을 끼친다면 낭군을 몰라보게
될 것 같아요. 그러니 사랑하는 낭군님,
무슨 이유로 이렇게 슬퍼하시는지 이유를 알려주세요.

브루투스 건강이 안 좋을 뿐이오. 그게 전부요.

포셔 낭군님은 현명하시니 건강이 안 좋으시다면
건강을 회복할 방법을 찾으시겠죠.

브루투스 여부 있나요. 그렇게 하겠소. 그러니 가서 주무시오.

포셔 어디 편찮으십니까? 옷깃을 풀어헤치고 습한
아침 공기를 마시는 것이 건강에 좋습니까?
아니, 브루투스가 편치 못한대도 건강한
잠자리를 몰래 빠져나와 몸에 해로운

밤공기를 마시고, 병세가 더하도록
눅눅하고 불순한 공기를 시험한단 말입니까?
낭군님, 안될 말이지요.
그대 마음속에 무슨 질병이 있는지
아내 된 권리와 도리로서
알아야만 되겠어요. 이렇게 무릎 꿇고
한 때 칭찬이 자자하던 나의 미모와
그대의 사랑의 맹세와 우리를 한 몸으로
만들어 준 혼인 서약에 대고 간청하니
당신 자신이자 당신의 절반인 나에게 당신이
마음이 무거운 이유와 지난밤에 당신을 찾아온
사람들이 어떤 인물인지를 털어놓으세요.
심지어 어둠 속에서도 자신들의 얼굴을 가린
대여섯 사람들이 이곳에 왔다 간 사실을
알고 있어요.

브루투스 부인, 무릎을 꿇지 마세요.

포셔 말씀해 주셨다면 이럴 필요가 없겠지요.
낭군님, 혼인증서에 대고 말씀해 보세요,
당신에 관한 비밀을 내가 몰라야 된다는
조항이 거기 있습니까? 그대의 분신인 내가
말하자면 단지 한정된 의미에서만

그대와 식사를 같이하고 잠자리를 함께하고
때때로 말벗이 되어야 합니까? 나는 단지 당신의
쾌락의 지대에만 거주해야 합니까?
단지 그럴 뿐이라면 포셔는 브루투스의
아내가 아니라 창부일 뿐이지요.

브루투스 그대는 내 심장에 맴도는
붉은 핏방울만큼이나 나의
진실하고 소중한 부인이오.

포셔 이 말이 사실이라면, 당신의 이 비밀을
알아야겠습니다. 내가 여자임을 인정합니다.
그렇지만 브루투스 경이 배필로 맞이한
여자입니다. 내가 여자임을 인정합니다.
그렇지만 카토의 딸로서 명성 있는 여자입니다.
그런 아버지와 그런 남편을 둔 내가
일반 여성들보다 강하지 못하다고 생각하십니까?
당신 비밀을 말해주세요. 내가 밝히고 싶지 않으니.
여기 이곳 허벅지에 기꺼이 칼자국을 내며
내 굳은 결심을 시험해 보였던 사람입니다.
꿋꿋하게 그 시험을 견딘 내가
내 남편의 비밀을 지킬 수 없단 말입니까?

브루투스 오, 신들이여, 나로 하여금 이 고결한 부인에 값하는 사람이 되게 해주소서!

(안에서 문 두드리는 소리)

들어보시오, 들어봐! 누가 문을 두드리고 있소.
부인, 잠시 들어가 계시오. 얼마 안 있어 그대 가슴에
내 흉금의 비밀을 털어놓으리라. 내가 약속한 일들과
내 심각한 이마에 쓰인 모든 것들을 그대에게
설명해주겠소. 그러니 서둘러 자리를
비켜주시오.

(포셔 퇴장)

루시우스야, 문을 두드리는 사람이 누구냐?

루시어가 리가리우스와 함께 다시 등장

루시우스 주인님께 말씀드릴 것이 있다는 환자가 대령했습니다.

브루투스 메텔러스가 말하던 리가리우스이군. 얘야, 비켜라.
카이어스 리가리우스 아니오, 어인 일이시오?

리가리우스 병약한 사람의 아침 문안인사를 받아주소서.

브루투스 훌륭한 카이어스여, 하필이면 이런 때를 골라서
병이 났단 말이오! 그대가 건강했으면 좋으련만!

리가리우스 브루투스가 명예의 이름에 값하는 과업을
계획하고 계신다면 저야 건강합니다.

브루투스 그것을 들어볼 그대 귀가 멀쩡하기만 하다면야

그러한 거사를 계획하고 있소이다.

리가리우스 로마인들이 경배 드리는 신들에게 맹세코
자 이제 이 병자의 머리띠를 풀어버리겠소.
로마의 영혼이시여! 영예로운 조상을 둔 훌륭한
아들이여! 그대는 주술사처럼 나의 죽은 영혼을
살려내셨소. 자 이제 나에게 달려보라고 하시오.
그러면 나는 불가능한 것들과도 맞서 겨루겠소.
아니 그것들을 정복하겠소. 무엇부터 할까요?

브루투스 병자를 건강하게 할 일이요.

리가리우스 우리가 아파서 죽게 할 사람들은 건강하지 않습니까?

브루투스 그러니 아파 죽게 해야죠. 죽게 될 사람의 집으로
같이 가면서 그 일의 성격을 그대에게
말해주겠소.

리가리우스 앞서 가시지요. 그 일이 무언지는 모르지만
새롭게 불붙은 마음으로 그대 뒤를 따라서 그 일을
행하겠소. 브루투스가 나를 인도하는 것만으로도
이유는 충분합니다.

브루투스 그렇다면 따라오시오.

(모두 퇴장)

2막 2장
〔시저의 저택〕

천둥과 번개. 시저가 평상복 차림으로 등장

시저 지난밤에는 천지가 서로 평화롭지를 못했다.
캘퍼니아가 잠결에 세 번이나 "사람 살려!
시저가 죽고 있소!"하고 외쳤지. 거기 누구 없느냐?

하인 등장

하인 주인님, 부르셨습니까?

시저 가서 사제들에게 제사를 올리라고 일러라.
그리고 그 결과에 대한 사제들의 판단을 나에게 알려 달라.

하인 알겠습니다. (퇴장)

캘퍼니아 등장

캘퍼니아 낭군님, 무슨 일입니까? 오늘 등원하실 생각이시오?
오늘은 집 밖으로 꿈쩍도 하시면 안 됩니다.

시저 시저는 갑니다. 나를 위협한 것들은 결코 나를
정면으로 바라본 적이 없소. 시저의 얼굴을
쳐다보게 되면 모든 위협은 사라지고 맙니다.

캘퍼니아 낭군님, 저는 지금껏 징조를 믿은 적이 없지만
지금은 무서워요. 우리가 보고 들은 일 말고도
보초가 목격한 끔찍한 일들을 전하는 사람이
집안에 있어요. 그에 따르면 암사자가
길에서 새끼를 낳았고, 무덤이 입을 열고
사자들을 쏟아냈으며, 불같이 맹렬한 전사들이
열과 대를 지어 질서정연한 전투대열로 구름 위에서
싸워서 그 피가 원로원 위로 비처럼 내렸다고 합니다.
전쟁소리가 공중에서 요란하게 들렸고
군마들이 울었고 죽어가는 자들이 신음을 질렀으며
유령들이 꽥꽥 소리를 지르며 거리를 싸다녔다 합니다.
시저여, 이런 일들은 전례가 없는 것들이니
저는 겁이 납니다!

시저 무적의 신들이 목적한 바를
누가 피할 수 있겠소? 그러나 시저는 가겠소.

이런 징조들은 시저뿐만 아니라
세상사람 일반에게도 다 마찬가지요.

캘퍼니아 거지들이 죽을 땐 유성이 떨어지지 않지요.
하늘이 빛을 발하며 군주의 죽음을 알리는 법이지요.

시저 겁쟁이들은 정작 죽기 전에 수없이 죽는 법이오.
그러나 용자는 단 한번 죽음을 맛보지요.
내가 지금까지 들어본 이적들 중에서 인간이
두려움을 갖는다는 사실이 내게는 가장 이상하오.
필연적인 종말인 죽음이란 올 때가 되면 오게
되어 있는 법이니 말이오.

하인 다시 등장

점쟁이들의 대답은 무엇이냐?

하인 주인님께서 오늘 바깥출입을 하지 않는 것이
좋겠다고 합니다. 제물의 창자를 꺼내 보니
가슴에 심장이 없었다고 합니다.

시저 겁쟁이를 창피하게 하려고 신들이 이런 조화를
부리는구나. 오늘 두려움 때문에 집에 머문다면
시저는 심장이 없는 짐승이 되겠지. 아니야,
시저가 그럴 수는 없지. 위험이란 놈이 자신보다
시저가 더 위험하다는 사실을 잘 알고 있지.

위험이란 놈과 나는 한날한시 한배에서 태어난
쌍둥이 사자인데, 내가 형님이고 더 무서운 놈이지.
시저는 갈 것이다.

캘퍼니아 아이고, 낭군님,
자신감 때문에 지혜가 없어졌군요.
오늘은 나가지 마세요. 낭군님이 아니라
내가 두려워해서 집에 잡아두었다고 말하세요.
마크 안토니를 원로원으로 보내 오늘 시저가
몸이 편치 않다고 말하게 합시다. 제발
이렇게 무릎 꿇고 비니 내 말대로 하세요.

시저 그래 마크 안토니로 하여금 내가 몸이 좋지 않다고
말하게 하겠소. 당신 기분대로 나는 집에 있겠소.

데시우스 등장

마침 데시우스 브루투스가 오는군.
저자에게 그렇게 말하라고 하지.

데시우스 시저여, 만수무강하소서! 용맹한 시저여,
아침 문안드립니다. 원로원으로 모셔가려고 왔습니다.

시저 때마침 잘 왔소. 내 안부를 원로원 의원들에게 전하고
내가 오늘은 등청하지 않을 것이라 이르시오.
등원할 수 없다는 말은 거짓이고, 감히 등원할 수

없다는 말은 더한 거짓이오. 단지 등원하지 않겠단 것이오.
그러니 데시우스여, 그렇게 이르시오.

캘퍼니아 시저가 아프다고 말하시오.

시저 시저가 거짓말을 전한다고?
원로들에게 사실을 말하는 것이 두려워
내가 그 많은 승리를 거뒀단 말인가? 데시우스여,
시저가 오지 않겠다고 하더라고 가서 전하시오.

데시우스 무적의 시저여, 그런 말로 제가 비웃음거리가
되지 않도록 이유를 말해주세요.

시저 가지 않겠다는 내 뜻이 그 이유요.
그거면 원로원 의원들을 납득시키기에 충분하오.
그렇지만 내가 그대를 사랑하니까 그대가
원한다면 그 이유를 알려주지. 여기 있는
내 부인 캘퍼니아가 나를 집에 붙들어두고 있소.
마누라가 지난밤 꿈에 내 동상을 봤는데,
그게 수많은 수도꼭지가 달린 분수처럼
선혈을 쏟아내고 수많은 건장한 로마인들이
웃으며 다가와서 거기서 손을 씻었다하오.
아내는 이것들을 경고이자 흉조요 곧 다가올
불운이라 해몽하고서 무릎을 꿇고서 나더러
오늘은 집에 있으라고 간청을 하고 있소.

데시우스 해몽이 완전히 틀렸습니다. 이것은 길조입니다.
수많은 로마인들이 웃으면서 손을 씻은
여러 군데서 피를 뿜어내는 귀하의 동상은,
그대에게서 위대한 로마가 부활의 피를
들이마시게 될 것이며, 대 인파가 그 피에
적신 기념물과 유물과 성물 장식들을 위해서
몰려들게 될 것을 뜻합니다.
부인의 꿈은 이런 의미입니다.

시저 해몽이 참 좋군.

데시우스 제 얘기를 들어보시면 제 해몽이 맞습니다.
들어 보십시오. 무적의 시저에게 오늘 왕관을
바치기로 원로원이 결심을 했습니다. 만약 오늘
등원하지 않으시겠다는 전갈을 보내시면
원로들의 마음이 바뀔지도 모릅니다. 더군다나
누군가가 "시저의 부인이 길몽을 꿀 때를 기다려
원로원을 휴회하라"라고 말한다면 그건 십중팔구
조롱 섞인 발언일 것입니다. 만약 시저가 숨어버린다면,
"보게나, 시저도 두려워하는구나"하고 원로들이
수군거리지 않겠습니까? 귀하의 출세를 진심으로
바라서 이런 말씀을 드리는 것이니 시저여,
무례를 용서하소서. 이런 말씀을 드리는

이유는 그대에 대한 애정 때문입니다.

시저 여보, 이제 그대의 두려움이 한없이
우스꽝스럽게 보일뿐이오!
그대의 두려움을 믿었던 내가 부끄럽소.
외투를 가져다주시오. 등원하겠소.

푸블리우스, 브루투스, 리가리우스, 메텔러스,
카스카, 트레보니우스, 킨나 등장

마침 푸블리우스가 나를 데리러 왔군.

푸블리우스 문안드립니다, 시저여.

시저 어서 오게, 푸블리우스.
아니, 브루투스, 자네도 이렇게 일찍 거동했나?
안녕하신가, 카스카. 카이어스 리가리우스여,
자네에 대한 시저의 적대감은
자네를 홀쭉하게 만든 그 오한보다 못했소.
지금 몇 시지?

브루투스 지금 막 여덟시를 쳤소.

시저 이렇게 와줘서 다들 고맙소.

안토니 등장

어서 오게! 밤새 주흥을 즐기는 안토니마저
일어나셨군. 안녕하신가, 안토니.

안토니 위대하신 시저도 안녕하신지요.

시저 집안사람들에게

술상을 준비하라 이르시오. 자네들에겐 인사가
늦었네. 안녕하신가, 킨나. 안녕하신가,
메텔러스. 아니, 트레보니우스도 오셨군!
자네와는 한참 할 얘기가 있으니
잊지 말고 오늘 나를 찾아오게.
내 자네를 기억할 수 있도록 가까이 있게나.

트레보니우스 알겠습니다. (방백) 그대의 친구들이 내가 떨어져
있었더라면 하고 바랄 정도로 가까이 있어주지.

시저 여보게들, 들어가서 같이 한잔 하세.
그러고 나서 친구같이 다 함께 원로원으로 가세.

브루투스 (방백) 아, 시저여, 친구같이 보여도 꼭 그런 것은
아니라는 사실을 생각하니 브루투스는 가슴이 아프오!

(모두 퇴장)

2막 3장
[원로원 근처의 거리]

아르테미도러스가 편지를 읽으며 등장

아르테미도러스 *시저여, 브루투스를 조심하시오. 카시우스를 경계하고 카스카 근처에 가지 마시오. 킨나를 잘 살펴보고 트레보니우스를 믿지 마시오. 메텔러스 심버를 주목하시오. 데시우스 브루투스는 그대를 사랑하지 않소. 당신은 카이어스 리가리우스에게 잘못을 했소. 이들은 모두 한통속으로 시저를 겨냥하고 있소. 그대가 불멸의 인간이 아니라면 주변을 조심하시오. 방심이 음모를 낳습니다. 그대에게 신들의 가호가 있기를!*

그대의 친구 아르테미도러스.

시저가 지나갈 때까지 이곳에 서 있다가
청원자마냥 이 편지를 드려야겠다.

질투의 이빨에 물리지 않고 미덕이 살 수 없다니
내 가슴이 아프구나. 아, 시저여, 이 편지를
읽게 된다면 살 수 있을 것이오. 그렇지 않다면
운명의 여신들이 음모자들과 함께하는 것이지.

(퇴장)

2막 4장
[브루투스의 집 앞에 있는 같은 거리의 다른 곳]

포셔와 루시우스 등장

포셔 얘야, 부탁인데 빨리 원로원으로 달려가라.
대답은 필요 없으니 바로 가거라.
왜 가지 않고 있느냐?

루시우스 마님, 가는 이유를 알아야죠.

포셔 가는 이유를 말해 주기도 전에 네가 벌써
갔다 왔으면 하고 바라고 있구나.
아, 자제심이여, 내 곁을 굳건하게 지켜다오!
내 심장과 혀 사이에 큰 산을 가로놓아다오!
내 마음은 남자이지만 힘은 여자이구나.
여자가 비밀을 지키는 일이 얼마나 어려운지!

애야, 아직도 안 갔느냐?

루시우스 마님, 심부름이 무엇입니까?
원로원으로 달려가기만 하면 됩니까?
갔다가 오면 그뿐입니까?

포셔 그래, 주인님 안색이 어떤지 가서 보고 오너라.
나가실 때 안 좋아 보였다. 시저의 행동과
어떤 청원자들이 시저에게 밀어닥치는지 잘 보거라.
애야, 명심해! 아니 저게 무슨 소리지?

루시우스 아무 소리도 안 들리는데요, 마님.

포셔 잘 들어 보거라.
싸우는 듯 요동치는 소리를 들었다.
원로원 쪽에서 나는 소리 같구나.

루시우스 마님, 정말로 아무 소리도 안 들리는데요.

점쟁이 등장

포셔 여보게, 이리 오게. 어디서 오는 길인가?

점쟁이 집에서 오는 길입니다, 마님.

포셔 지금 몇 시지?

점쟁이 아홉 시쯤 되었습니다.

포셔 시저가 벌써 원로원에 왔더냐?

점쟁이 아직 안 왔습니다. 시저가 원로원으로 지나가는 모습을 보려고 자리를 잡으러 갑니다.

포셔 자네도 시저에게 청원거리가 있구먼, 그렇지 않은가?

점쟁이 맞습니다. 내 말에 기꺼이 귀 기울일 정도로
시저가 선한 인물이 되어준다면 시저에게
몸조심하라고 간청할 것입니다.

포셔 아니, 누가 시저에게 해를 가할 의도라도 지녔단 말이오?

점쟁이 그야 아는 바 없지만, 만에 하나 염려해서죠.
그럼 안녕히 계십시오. 이곳은 길이 좁아서
시저를 바짝 뒤따르는 원로원 의원들,
법무관들, 일반 청원자들의 무리가
힘없는 사람을 압사시키기 딱 좋겠어.
더 넓은 데로 가서 그곳에 있다가
시저가 걸어올 때 말을 걸어야겠어.

(퇴장)

포셔 나도 들어가야겠군. 아, 내 팔자야, 여인의 심장은
얼마나 약해빠진 것인가! 아, 브루투스여,
하늘의 도움으로 그대 과업이 성공하기를!
정녕 시동이 내 말을 들었겠군. 낭군의 청은
시저가 허락할 수 없는 것이지. 아, 어지럽구나.
루시우스야, 달려가서 주인님께 내 안부를 전해라.
내가 기분이 좋다고 말씀드리고 주인님의 대답을

나에게 다시 전해주려무나.

(각각 따로 퇴장)

3막 1장

〔로마, 원로원 앞〕

원로원 의원들이 앉아있다. 한 무리의 사람들이 있는데, 그들 중 아르테미도러스와 점쟁이도 끼여 있다. 나팔소리. 시저, 브루투스, 카시우스, 카스카, 데시우스, 메텔러스, 트레보니우스, 킨나, 안토니, 레피두스, 포필리우스, 푸불리우스 등장

시저 삼월 십오 일이 되었구나.

점쟁이 그렇습니다, 시저여. 그러나 아직 지나간 것은 아닙니다.

아르테미도러스 시저여, 만수무강 하시길! 이 편지를 읽어보세요.

데시우스 트레보니우스는 자신의 이 청원서를 한가하신 시간에 읽어주실 것을 간청하나이다.

아르테미도러스 시저여, 내 편지를 먼저 읽어주시오. 내 청원서가 시저에게 더 시급한 것이니 꼭 읽어주시오.

시저 짐에 관한 것은 맨 나중이오.

아르테미도러스 시저여, 지체 마시고 바로 읽어주시오.

시저 아니, 이 친구가 제정신인가?

푸블리우스 여봐라, 비켜라.

카시우스 아니, 자네들은 길에서 청원서를 바치는가?
원로원으로 오게나.

(시저가 원로원으로 올라가고 나머지 사람들 뒤따른다)

포필리우스 오늘 거사가 성공하시길 바랍니다.

카시우스 포필리우스, 무슨 거사 말이오?

포필리우스 안녕히 계시오.

(시저에게 다가간다)

브루투스 포필리우스 레나가 뭐라고 하던가?

카시우스 우리들의 오늘 거사가 성공하기를 바란다고
했습니다. 우리 목적이 발각된 것 같아요.

브루투스 그가 시저에게 다가가는 모습을 잘 지켜보시오.

카시우스 카스카여, 발각될까 두려우니 서두르시오.
브루투스여, 어떻게 할까요? 만약 이 일이 발각되면
나는 자결할 터이니, 카시우스나 시저 중 한 사람은
살아남지 못할 것이오.

브루투스 카시우스여, 마음을 굳게 먹으시오.
포필리우스 레나는 우리 얘기를 하는 것이 아니오.
보시오, 그는 웃고 있고 시저의 안색도 변하지 않았소.

카시우스 저기 보시오, 트레보니우스는 자기 역할을 알고서

안토니를 방해가 안 되게 딴 곳으로 유인하고 있소.

(안토니와 트레보니우스 퇴장)

데시우스 메텔러스 심버는 어디 있소? 가서 곧장
시저에게 청원을 넣으라고 이르시오.

브루투스 심버는 준비가 되었으니
그 곁에 가서 그를 지원해주시오.

킨나 카스카여, 당신이 맨 먼저 칼을 내려치기로 되어 있소이다.

시저 다들 준비 되었나? 시저와 그의 원로원이 바로잡아야 할
잘못된 일이란 것이 무엇이요?

메텔러스 가장 위대하고, 가장 강력하고 가장 막강한 시저여,
메텔러스 심버는 감히 그대 앞에
엎드려서--

(무릎을 꿇는다)

시저 심버여, 이러지 마시오.
이렇게 부복하며 허리 굽혀 큰절을 함으로써
보통 사람들 같으면 피를 끓게 해서,
과거의 칙령과 처음부터 정해져 있는 규율들을
어린애 장난으로 돌릴 수도 있을 것이오.
그러나 시저가 바보들이나 녹아내리게 하는 아첨과
허리 굽힌 인사와 비굴한 개 같은 아첨으로
굳건한 본심을 잃게 될 그런 변덕스런 피를

지녔다고 생각하는 어리석음을 범하지 마시오.
그대 형은 국법에 따라 추방되었소.
형을 위해서 그대가 허리 굽혀 간청하고 아첨을 떤다면
나는 그대를 똥개처럼 발로 차서 밀쳐내 버리겠소.
시저는 결코 잘못을 범하지도 않고, 이유 없이
남의 말에 귀를 기울이지 않는다는 점을 알아두시오.

메텔러스 내 추방당한 형을 소환하기 위해
위대한 시저의 귀에 대고 말해줄
나보다 훌륭한 사람이 그 누구도 없단 말입니까?

브루투스 시저여, 내가 그대의 손에 입 맞추는 것은
아첨해서가 아니라 푸블리우스 심버를
자유의 몸으로 즉시 소환해주시기를 바라서입니다.

시저 아니, 브루투스마저도?

카시우스 시저여, 용서하소서. 용서하소서, 시저여.
카시우스도 그대 발아래 엎드려
푸블리우스 심버의 소환을 간청하나이다.

시저 내가 그대들 같았으면 마음이 쉽게 움직였겠지.
내가 기도로 다른 사람들을 움직일 수 있다면,
다른 사람의 기도로 내 마음도 움직이겠지.
그러나 나는 하늘에 둘도 없이 홀로 요지부동으로
박혀 있는 북극성 같이 변함없는 사람이오.

수많은 별들이 하늘을 수놓고 있고
다들 불을 뿜으며 빛을 발하고 있지만
자기 자리를 지키는 별은 단 하나이듯이
세상에서도 마찬가지요. 세상은 사람들로 가득하고
사람들은 모두 피와 살과 이성을 지녔지만
내가 알기로 그중에서 흔들리지 않고 자기 위치를
요지부동 지키는 사람은 단 한 명이오.
본인이 바로 그자임을 이번 일에도
참으로 보여줄 작정이오.
단호하게 심버를 추방시켰으니
그의 추방을 유지하는 데도 내 마음은 변함없소.

킨나 아, 시저여--

시저 물러가시오! 올림포스 산을 들어 올릴 셈이오?

데시우스 위대한 시저여--

시저 브루투스마저 무익하게 무릎을
꿇고 있는 것을 보지 못하오?

카스카 손이여, 나 대신 말을 해다오!

(다들 시저를 찌른다)

시저 브루투스, 너마저? 그렇다면 시저는 쓰러질 수밖에!

(죽는다)

킨나 해방이여! 자유여! 폭정이 무너졌다! 이곳에서 달려 나가

거리거리에서 외쳐라, 폭정이 죽었다고.

카시우스 누군가 광장의 연단으로 가서 외치시오,
"해방이여, 자유여, 속박의 끝이여!"

브루투스 인민들과 원로원 의원들이여, 놀라지 마시오.
도망가지 말고 가만히들 계시오. 야심의 빚은 청산되었소.

카스카 브루투스여, 연단으로 가시오.

데시우스 카시우스 당신도 같이 가시오.

브루투스 푸불리우스는 어디 있는가?

킨나 이 소란으로 혼비백산해서 여기 서 있습니다.

메텔러스 다들 단결합시다, 만일 시저의 친구가 우연히도--

브루투스 단결 얘기를 하지 마시오. 푸불리우스여,
기운을 내시오. 당신 몸이나 다른 로마인 누구도
해칠 의도가 없으니 사람들에게 안심하라고 이르시오.

카시우스 푸불리우스여, 이제 물러가시오. 우리에게 밀어닥친
사람들이 나이든 그대에게 해악을 가할까 두렵소.

브루투스 그렇게 하시오. 우리들 말고 그 누구도
이번 일로 고통을 당해서는 안 됩니다.

트레보니우스 다시 등장

카시우스 안토니는 어디 있소?

트레보니우스 놀라서 자기 집으로 도망했소. 마치 심판의 날이나

되는 것처럼 남자들 아낙네들 아이들 할 것 없이
서로 쳐다보고 외치며 거리를 질주하고 있소.

브루투스 운명의 여신들이여, 그대들의 의중을 알고 싶소.
우리들은 죽을 운명임을 알고 있소. 사람들이 중시하는
것은 단지 죽는 때이고, 천수를 다하는 것이오.

카스카 이십 년쯤 먼저 죽는 자는 그만큼 죽음을
두려워할 시간을 단축하는 셈이죠.

브루투스 그렇다면야 죽음이 유익한 것이지.
시저에게서 죽음을 두려워할 시간을 줄여줬으니
우리들은 시저의 친구들이군. 로마인들이여,
허리를 숙이시오. 허리 숙여 시저의 피로 팔목까지
우리의 손을 씻고 칼에 피를 묻힙시다.
그리고 광장까지 행진합시다. 머리 위로
피 묻은 칼을 흔들면서 다 같이 외칩시다.
"평화여, 자유여, 해방이여!"

카시우스 그러면 허리 숙여 손을 씻읍시다. 얼마나 오랜 세월동안
아직 탄생하지 않은 국가에서 알 수 없는 언어로
우리들의 이 고결한 장면이 반복해서 상연될 것인가!

브루투스 이제는 폼페이 동상 좌대의 먼지만도 못하게
쓰러져 누워있는 시저가 얼마나 자주 연극에서
피를 흘릴 것인가!

카시우스 우리 무리가 조국에 자유를
가져다준 사람들이라고 지칭되는 만큼이나
자주 그 연극이 상연될 것입니다.

데시우스 자, 그럼 가볼까요?

카시우스 그러죠. 다들 갑시다.
브루투스가 앞장서고, 로마에서 가장 용감하고
으뜸인 인물들이 뒤따르며 그의 영광을 빛낼 것이오.

하인 한 명 등장

브루투스 가만! 이게 누군가? 안토니의 친구이군.

하인 브루투스여, 저의 주인님이 저더러 이렇게
무릎을 꿇으라고 명했습니다. 마크 안토니께서
저에게 이렇게 꿇어앉아 이런 자세로
이렇게 조아리라고 명했습니다. 브루투스는
고결하고 현명하며 용맹스럽고 정직한
인물이라고 말입니다. 시저는 위대하고
용맹스럽고 충직하며 사랑스러웠다고.
브루투스를 사랑하고 존경한다고 말하라 했습니다.
시저를 두려워하고 존경하고 사랑했다고 했습니다.
브루투스께서 안토니로 하여금 안전하게
자신을 찾아와서 시저가 죽어 마땅한 이유를

기꺼이 설명해주신다면 마크 안토니는 죽은 시저보다
산 브루투스를 더욱 사랑할 것이라고 말했습니다.
그리고 진심을 다해 이 위험한 새로운 사태에서
고귀한 브루투스의 운명을 따르겠다고 했습니다.

브루투스 그대 주인은 현명하고 용맹스런 로마인이구나.
나는 그를 나쁘게 생각한 적이 없다.
주인께 일러라. 기꺼이 이곳으로 오면 충분한
설명을 듣게 될 것이고 내 명예를 걸고 안전하게
돌아가게 될 것이라고.

하인 곧장 주인님을 모셔오겠습니다.

(퇴장)

브루투스 우리들은 곧 안토니를 친구로 삼게 될 것이오.

카시우스 그렇게 되면 좋겠습니다. 그러나 저는 아직
그자가 마음에 적잖이 걸리고 저의 나쁜 예감은
항상 용케도 들어맞습니다.

안토니 다시 등장

브루투스 여기 안토니가 오는군. 마크 안토니, 잘 왔소.

안토니 오, 위대한 시저여! 이렇게 초라하게 누워있습니까?
그대의 정복과 영광과 개선과 전리품들이 이렇게
초라하게 쪼그라들었단 말입니까? 안녕히 가시길!

여러분들의 의도가 무엇인지, 다른 누가 또 죽어야 되고
또 누가 피를 흘려야 하는지 나는 모릅니다.
나 자신이 죽어야 한다면, 시저의 죽음과 같은 시각에
죽는 것만큼 좋은 때도 없을 것이며, 온 세상에서
가장 고귀한 피로 물들인 그대들 칼의
반값에 미치는 칼도 없을 것이오. 나에게
앙심이 있거든 내 그대들에게 부탁하노니
그대들의 피 묻은 손에서 김이 모락모락 피어날 때
지금 당신들 뜻대로 하세요. 내가 천년을 더 산다 해도
죽기에 더 적합한 때는 없을 것이오.
이곳 시저 옆자리보다 더 죽기 좋은 곳도 없고.
이 시대의 뛰어난 으뜸가는 인물들인 그대들 손에
머리가 잘리는 것보다 더 좋은 방법도 없을 것이오.

브루투스 아, 안토니여, 우리더러 죽여 달라고 하지 마시오.
당신이 지금 목격하고 있는 우리들의 손과 지금의
이 행동 때문에 비록 지금은 우리들이 유혈 낭자하고
잔인하게 보이겠지만, 당신이 보는 것은
단지 우리들의 손과 그 손이 행한 살인일 뿐이오.
연민에 찬 우리들의 마음을 당신은 보지 못하고 있소.
불이 불을 밀어내고 연민이 연민을 밀어내듯이
로마 백성들의 전반적인 고통에 대한 연민 때문에

시저에게 이런 행동을 하게 된 것이오. 당신에 관해서
말하자면, 마크 안토니여, 그대에게 우리들의 칼끝은
무디다오. 폭정에 맞서는 강한 우리들의 팔과
형제애로 따뜻한 우리들의 심장은 그대를 온갖 종류의
사랑과 선의와 존경의 마음으로 받아들이오.

카시우스 새로운 관직을 배분함에 있어서 안토니 당신의
권위도 누구 못지않게 힘을 발할 것입니다.

브루투스 공포로 질려있는 대중들을 우리가 안심시킬 동안만
참아주시오. 그러고 나서 시저를 사랑하면서도
내리친 내가 왜 이런 행동을 했는지
그 이유를 그대에게 설명해주겠소.

안토니 그대의 판단을
의심하지 않습니다. 각자 피 묻은 손은 내게 주시오.
먼저 마커스 브루투스, 그대와 악수하겠소.
다음으론 카이어스 카시우스, 그대의 손을 잡겠소.
자, 데시우스 브루투스, 손을 주시오. 다음은
메텔러스, 그대 손을. 킨나, 당신 손도.
용맹스런 카스카여, 당신 손도. 마지막이지만
결코 소홀할 수 없는 트레보니우스여, 그대와도 악수.
여러분들 모두. 아, 내가 무슨 말을 할 수 있겠소?
나의 명성은 이제 너무나 미끄러운 곳에 서 있어

여러분들은 나를 겁쟁이 아니면 아첨꾼
둘 중 하나라고 생각하겠죠. 오, 시저여,
내가 그대를 사랑했다는 것은 사실입니다.
그대의 혼령이 지금 우리들을 바라본다면,
가장 위대하신 시저여, 그대의 시체를 앞에 두고
그대의 안토니가 그대의 적들의 피 묻은 손에
악수하며 화해하는 모습을 보고서
죽음보다 더한 아픔을 겪지 않을까요?
그대 몸의 칼자국만큼이나 많은 눈이 내게 있다면
그 상처에서 흘러나오는 선혈만큼이나 재빠르게
통곡하는 것이 그대의 적들과 우정을 맺는 일보다
내게 더욱 어울릴 것입니다. 줄리어스여, 용서하소서.
훌륭한 수사슴인 그대는 이곳에서 사냥개에 물렸구려.
이곳에서 그대는 쓰러졌고 그대의 사냥꾼들은
그대의 피로 붉게 물들인 채 서 있소.
오, 세상이여, 그대는 이 사슴에게는 숲이었고,
이분은, 오, 세상이여, 그대의 심장이었소.
수많은 군주들의 사냥에 쓰러진 사슴처럼
그대는 이곳에 누워있구려!

카시우스 마크 안토니--

안토니 카이어스 카시우스여, 용서하시오.

시저의 적이라도 이정도의 말을 할진데
하물며 친구로서 이 정도는 약과입니다.

카시우스 시저를 칭찬한다고 그대를 나무라는 것이 아니오.
우리와 무슨 언약을 맺을 작정이오?
우리 친구 중 한명이 되겠소,
아니면 당신을 빼고 일을 진행할까요?

안토니 여러분들과 친구가 되려고 악수를 한 것인데 정말이지
시저를 내려다보는 순간 마음이 다른 곳으로 쏠렸습니다.
시저가 왜, 어떤 점에서 위험한 인물이었는지
여러분들이 내게 설명해주기를 기대하며,
그대들과 친구이며, 그대들 모두를 사랑합니다.

브루투스 이유가 없다면 이건 참혹한 광경이겠지요.
안토니 당신이 시저의 아들이라 하더라도
충분히 납득할 정도로 우리의 이유는 심사숙고한
결과입니다.

안토니 내가 원하는 것은 바로 그것뿐입니다.
청이 하나 더 있다면 시저의 시체를
광장으로 모셔가는 것입니다.
그리고 친구로서 장례의식 도중
연단에서 추도사를 하는 것입니다.

브루투스 마크 안토니, 그렇게 하시오.

카시우스 브루투스여, 잠깐 한 말씀만.
(브루투스에게 방백으로) 이러시면 아니 됩니다.
안토니가 장례식에서 연설하도록 허락하지 마소서.
그의 연설로 시민들이 얼마나 동요하게 될지
모르십니까?

브루투스 내 말을 먼저 들어보시오.
내가 먼저 연단에 올라
우리가 시저를 죽인 이유를 설명하겠소.
안토니가 무슨 말을 하든 우리의 허락을
받아서 하는 것이고, 우리가 원해서
시저는 격에 맞고 합법적인 모든 의식절차를
치루는 것이라고 내가 공표하겠소.
이렇게 하는 것이 우리에게 해보다는 득이 될 것이오.

카시우스 무슨 일이 일어날지 모르겠지만 마음에 들지 않군요.

브루투스 마크 안토니여, 여기 시저의 시체를 가져가시오.
추도사에서 우리를 비난해서는 안 되지만
시저에 관해 당신이 생각할 수 있는 어떤 칭찬도 좋으니
우리의 허락을 받아서 말한다고 하시오.
안 그러면 당신은 장례식에 어떤 식으로든
참여할 수 없소. 내 연설이 끝난 후에
나하고 똑같은 연단에서 그대도

연설하게 될 것이오.

안토니 그렇게 하시죠.
그거면 충분합니다.
브루투스 시신을 준비해서 우리를 따라오시오.

(안토니만 제외하고 모두 퇴장)

안토니 아, 그대 피 흘리고 있는 흙덩이여, 이 도살자들을
온순하고 점잖게 대하는 나를 용서하소서!
그대는 시간의 강물 속에서 여태껏 살아온
가장 고귀한 인간의 잔해이군요.
이 귀한 피를 흘린 그 손에 저주가 있기를!
나의 혀더러 소리 내어 말해달라고 간청하듯
벙어리처럼 붉은 입술들을 벌리고 있는
그대의 몸에 난 칼자국에 대고 내 예언하건데
사람들 몸에 저주가 내릴 것이다.
집안싸움과 격렬한 내란이 이탈리아 전역을
괴롭힐 것이고, 피비린내나는 파괴가
일상이 되고, 끔찍한 광경에 친숙해져서
어머니들은 아기들이 전사의 손에 의해
갈기갈기 찢겨지는 것을 보고서도 단지
웃기만 할 것이다. 연민의 정은 일상화된
잔혹한 행동으로 질식해버리고, 복수를 위해

배회하는 시저의 유령이 복수의 여신을 옆구리에 끼고
뜨거운 지옥에서 나와서 군왕의 목소리로
이곳에서 "다 죽여라"하고 외쳐대며
전쟁의 개들을[2] 풀어놓을 것이다.
장례를 못 치룬 시체더미들과 더불어
이 사악한 행위가 땅위에서 악취를 풍기게 될 것이다.

하인 한 명 등장

너는 옥타비우스 시저의 하인이구나, 그렇지?

하인 맞습니다, 마크 안토니여.

안토니 시저가 그에게 로마로 오라고 편지를 보냈었다.

하인 그 편지를 받고 지금 오고 계십니다.
저더러 직접 구두로 당신께 전하라고 명했습니다,
(시저의 시체를 보고는)
오, 시저여!

안토니 그대 심장이 미어지니 한편으로 비켜서서 울어라.
이제 보니 슬픔이란 전염이어서 그대 눈에 어린
눈물방울들을 보고서 내 눈에서도 눈물이 나기
시작하는구나. 너의 주인이 오고 있느냐?

하인 오늘 저녁은 로마 근교에 유숙하십니다.

---

2) 전쟁의 개들이란 전쟁에 뒤따르기 마련인 화재, 총검, 기아를 의미한다.

안토니 서둘러 돌아가서 주인께 이곳에서
무슨 일이 있었는지 알려라. 이곳 로마는
옥타비우스에게는 아직 안전하지 못한
애도에 잠긴 위험한 곳이다.
서둘러 가서 그렇게 말해라. 아니 잠깐.
내가 이 시체를 광장으로 옮겨놓은 후에
너는 돌아가거라. 그곳에서 추도사를 통해
나는 사람들이 이들 살인마들의 끔찍한
행위를 어떻게 받아들이는지 알아볼 것이다.
그 결과를 보고 너의 젊은 주인께 사태를
말씀드려라. 나를 도와다오.

(시저의 시체를 들고 퇴장)

3막 2장

〔광장〕

브루투스와 카시우스, 한 무리의 시민들 등장

시민들 이유를 들어야겠소. 이유를 알려주시오.

브루투스 친구들이여, 따라와서 내 말을 들어보시오.
카시우스여, 당신은 저쪽 길로 가서
군중들을 분산시키시오. 내 말을 듣고자 하는
사람들은 여기 남아 계시오. 카시우스를
따르고자 하는 사람들은 그를 따라가시오.
시저가 죽어야만 했던 공공연한 이유를
알려주겠소.

시민 1 나는 브루투스의 연설을 듣겠소.

시민 2 나는 카시우스의 연설을 듣고 각각이
말하는 이유들을 비교해 보겠소.

(카시우스가 시민들 일부와 함께 퇴장. 브루투스가 연단으로 올라간다)

시민 3 고귀한 브루투스가 연단에 올랐소. 다들 조용히 하시오!

브루투스 끝까지 참고 들어주시오.

로마인들이여, 동포여, 친구들이여! 내 이유를 들어보시오. 조용히 잘 들으시오. 내 명예를 믿어주시고, 나를 믿을 수 있도록 내 명예를 존중해주시오. 현명하게 나를 판단해주시고, 정신을 차리고 올바로 판단해주시오. 여러분들 가운데 시저의 친한 친구가 있다면. 그에게 말하지만 시저에 대한 이 브루투스의 사랑도 그에 지지 않습니다. 그렇다면 왜 브루투스가 시저에게 반기를 들었냐고 그 친구가 묻는다면, 내 대답은 이렇습니다. 내가 시저를 덜 사랑해서가 아니라 로마를 더 사랑했기 때문입니다. 여러분들은 시저가 죽어서 자유 시민으로 살기보다 시저가 살아서 노예로 죽는 편을 택하시겠습니까? 시저가 나를 사랑했기에, 나도 그를 위해 눈물을 흘립니다. 시저가 행운아였기에 나도 기쁩니다. 시저가 용맹스런 군인이었기에 나도 그를 존경합니다. 그러나 시저가 야심가였기에 그를 살해했습니다. 시저의 사랑에 눈물을, 그의 행운에 기쁨을, 그의 용맹에 존경을 바칩니다. 그러나 그의 야심에는 죽음뿐입니다. 여러분들 중에 노예가 되기를 원할 정도로 비굴한 사람이 있습니까? 있다면 말해보시오. 그에게 내가 잘못했습니다. 여러분들 중에 로마인이 되기를 원치 않는 그런 야만인이 있습니까? 있다면 말해보시오. 그에게 내가 잘

못했습니다. 여러분들 중에 조국을 사랑하지 않는 그런 사악한 인간이 있습니까? 있다면 말해보시오. 그에게 내가 잘못했습니다. 여러분들의 대답을 들려주시오.

시민 일동 아무도 없소. 브루투스여, 아무도 없소이다.

브루투스 그렇다면 나는 누구에게도 잘못을 하지 않았습니다. 내가 시저에게 한 행동은 여러분들이 이 브루투스에게 할 행동과 마찬가지입니다. 시저의 사인은 원로원에 기록되어 있습니다. 위대했던 시저의 영광도 고스란히 기록되어 있고, 그가 죽음을 자초했던 죄과도 숨김없이 기록되어 있습니다.

안토니가 다른 사람들과 함께
시저의 시체를 가지고 등장

마크 안토니의 애도하에 시저의 시체가 여기 왔소. 안토니는 시저의 죽음에 관여하지 않았지만 그가 죽은 덕택에 공화정에서 자유시민권을 누릴 것이오. 여러분들 모두나 마찬가지로 말입니다. 끝으로 이 말만 하고 나는 물러가겠습니다. 로마의 안녕을 위해서 내가 가장 사랑하는 친구를 살해한 것처럼, 내 조국이 기꺼이 내 죽음을 원할 때는 이 칼을 나에게 꽂겠다고 말입니다.

시민 일동 브루투스, 만세! 만세, 만세!

시민 1 브루투스를 개선행진으로 집까지 모십시다.

시민 2 그의 조상들의 동상과 같이 그의 동상도 세웁시다.

시민 3 그를 시저로 만듭시다.

시민 4 시저의 장점들이
브루투스에게서 권위를 얻게 될 것이오.

시민 1 박수와 함성으로 브루투스를 자택까지 모십시다.

브루투스 동포들이여!

시민 2 조용! 조용! 브루투스가 말씀하신다.

시민 1 여보게들, 다들 조용!

브루투스 동포들이여, 나 혼자가게 해주시오.
나를 위해서 여러분들은 이곳에서 안토니와
함께해주시오. 시저의 시체에 예를 표하고 시저의
영광을 기리는 안토니의 연설을 존중해주시오.
우리가 마크 안토니의 추도사를 허락했습니다.
내 여러분들께 부탁하노니 안토니가 연설을 끝마칠
때까지 한 사람도 떠나지 마시오. 나만 혼자 가겠소.

(퇴장)

시민 1 여보게들, 다들 남아서 마크 안토니의 연설을 들어보세.

시민 3 안토니를 연단으로 올려 보내시오.
그의 연설을 듣겠소. 고결한 안토니여, 올라가시오.

안토니 브루투스 덕에, 여러분 감사합니다.

시민 4 안토니가 브루투스에 대해 뭐라고 하는가?

시민 3 브루투스 덕에 우리에게 감사한다고 말했소.

시민 4 이곳에서는 브루투스를 욕하지 않는 게 상책일거요.

시민 1 죽은 시저는 폭군이었소.

시민 3 여부 있나요.
시저가 로마에서 사라져서 우린 복 받았지요.

시민 2 조용! 안토니의 연설을 들어봅시다.

안토니 고결한 로마 시민들이여!

시민 일동 다들 조용! 안토니 말을 들어봅시다.

안토니 친구들이여, 로마인들이여, 동포여, 내 말에
귀를 기울여주시오. 나는 시저를 칭찬하러 온 것이
아니라 장사지내러 왔습니다. 살아생전에 저지른
인간의 악은 사후에도 살아남는 법입니다.
선행은 시체와 함께 묻혀버리는 법이죠.
시저도 마찬가지일 것입니다. 훌륭한 브루투스는
여러분께 시저가 야심가였다고 했습니다.
만일 그렇다면 그것은 중대한 잘못이고
시저는 그 대가를 중하게 치렀습니다.
브루투스와 그의 일파의 허락을 얻어,
브루투스는 훌륭한 분이니까요. 그 외의 분들도
마찬가지로 훌륭한 분들입니다. 저는 이곳에
시저의 추도사를 하려고 왔습니다. 시저는

제 친구였고 제게는 변함없고 온당한 분이었습니다.
그러나 브루투스는 시저가 야심가였다고 합니다.
그런데 브루투스는 훌륭한 분입니다.
시저는 로마로 수많은 포로들을 데려왔고
그 보석금으로 국고를 가득 채웠습니다.
이것이 시저의 야심이었습니까?
가난한 사람들이 울 때 시저도 울었습니다.
야심가는 더 모진 사람이어야지요.
그러나 브루투스는 시저가 야심가였다고 합니다.
그런데 브루투스는 훌륭한 사람입니다.
여러분들도 모두 봤듯이 루퍼칼리아 축제일에
제가 세 번이나 시저에게 왕관을 드렸지만
세 번 모두 거절했습니다. 이게 야심입니까?
그러나 브루투스는 시저가 야심가였다고 합니다.
그런데 틀림없이 브루투스는 훌륭한 사람입니다.
저는 브루투스의 말을 부정하려는 것이 아니라
제가 알고 있는 바를 말하기 위해 이곳에 섰습니다.
여러분들 모두 한때는 합당한 이유에서 시저를
사랑했습니다. 그렇다면 이제 무슨 이유에서
그에 대한 애도를 주저하고 있습니까?
아, 이성이여! 너는 금수에게로 달아나버리고

인간은 이성을 잃었구나. 지나쳤다면 용서하시오.
내 마음은 시저와 함께 저 관속에 있어
그 마음이 내게 돌아올 때까지 잠시 말을 멈춰야겠소.

시민 1 안토니의 말에 일리가 있는 것 같아.

시민 2 문제의 본질을 잘 생각해보면
시저가 큰 해악을 당했소.

시민 3 여러분들, 그렇지요?
시저의 자리에 더 나쁜 사람이 앉을까 나는 두렵소.

시민 4 안토니 말을 들었소? 시저가 왕관을 거절했다지 않소.
그러니 시저가 야심가가 아니라는 점은 분명하오.

시민 1 그게 사실이라면 누군가 큰 책임을 져야만 하오.

시민 2 불쌍한 안토니! 울어서 눈이 불같이 빨개졌소.

시민 3 로마에서 안토니보다 더 훌륭한 사람도 없지요.

시민 4 이제 안토니를 보시오. 다시 연설을 시작했소.

안토니 바로 어제까지만 해도 시저의 말은
세상을 호령하기에 충분했소. 그러나 이제는
예를 표하는 사람 하나 없이 저렇게 더없이 가련하게
저기 누워 있소. 여러분들, 만약 제가 여러분들의
정신과 마음을 분노에 찬 폭동으로 선동할
마음을 품는다면 저는 브루투스와 카시우스에게
잘못을 하는 겁니다. 여러분들도 다들 아시듯이

그 분들은 훌륭한 분들입니다. 저는 그분들에게,
그 훌륭한 분들에게 잘못하기보다는 차라리
죽은 시저와 저와 여러분들께 잘못을 저지르겠습니다.
그런데 여기 시저의 도장이 찍힌 서류가
하나 있습니다. 시저의 벽장에서 찾은
것입니다. 시저의 유언장입니다.
미안하지만 나는 이것을 읽을 생각이 없으니,
평민들더러 이 유언장 내용을 듣고,
가서 죽은 시저의 상처에 입 맞추고
자신들의 손수건을 시저의 성스런
피에 적시고, 그의 머리칼을 기념품으로
달라고 하고, 임종 시에 자기들의 유언장과 함께
그 기념품을 언급하며, 후손에게 귀한 유물로
그것을 하사하라고 하시오.

시민 4 유언을 듣겠소. 마크 안토니여, 유언을 읽어주시오.

시민 일동 유언장, 유언장! 시저의 유언을 듣겠소.

안토니 훌륭한 친구들이여, 참으시오. 읽지 않겠소.
시저가 여러분들을 얼마나 사랑했는지 모르는 것이 좋소.
여러분들은 목석이 아니라 인간입니다.
인간인 이상 시저의 유언을 듣게 되면
여러분들 마음에 불이 붙어 미치게 될 것입니다.

여러분들 모두 시저의 후계자란 사실을
모르는 편이 좋습니다. 만약 알게 된다면,
아, 무슨 결과가 일어날까 두렵습니다!

시민 4 유언장을 읽어주시오. 안토니, 유언을 들려주시오.
유언장, 시저의 유언장을 읽어달란 말이오.

안토니 잠시만 참고 기다려주시겠소?
여러분께 유언장 얘기를 꺼내다니 내가 지나쳤소.
시저를 칼로 찌른 훌륭한 분들께
잘못을 저지를까 두렵소. 그게 두렵단 말이오.

시민 4 그자들은 반역자들입니다. 훌륭한 사람들이라니!

시민 일동 유언장! 유언을 들려주시오!

시민 2 그자들은 악당들, 살인자들이오. 유언! 유언장을 읽어주시오.

안토니 그렇다면 저더러 유언장을 읽으라고 지금 강요하시는
겁니까? 좋소, 시저의 시체를 빙 둘러서시오.
유언장을 작성한 당사자를 여러분들에게 보여드리겠소.
제가 연단을 내려갈까요? 좋습니까?

시민 일동 내려오시오.

시민 2 내려오시오.

시민 3 내려와도 좋소.

(안토니 연단에서 내려온다)

시민 4 동그랗게 둘러서시오.

시민 1 관대에서 물러서시오. 시체에서 떨어지시오.

시민 2 안토니, 가장 고귀한 안토니에게 자리를 내어주시오.

안토니 아니, 그렇게 너무 밀치지 말고, 멀찌감치 떨어지시오.

시민 일동 물러서시오. 자리를 내주게 물러서시오!

안토니 여러분들에게 눈물이 있다면 지금 울 준비를 하시오.
여러분들은 이 망토를 잘 아시지요. 저는 시저가
그것을 처음 몸에 걸쳤던 때를 생생히 기억합니다.
그날은 시저가 네비족을 정복하였던
어느 여름날 그의 막사 안이었습니다.
보십시오, 카시우스의 단검이 이곳을 뚫었습니다.
사악한 카스카가 뚫어놓은 구멍을 보세요. 바로
이곳으로 총애 받던 브루투스가 칼을 꽂았습니다.
브루투스가 그 빌어먹을 칼을 뽑았을 때,
마치 문지방을 달려 나와 그렇게 잔인하게
문을 두드린 자가 브루투스인지 아닌지 알아보기라도
하려는 듯 시저의 피가 한없이 쏟아져 나왔습니다.
여러분도 알다시피 브루투스는 시저가 총애하던
자였습니다. 아, 제신들이여, 시저가 얼마나
그를 사랑했는지 판단해주소서! 이것은
가장 천인공노할 칼집입니다. 고결한 시저가
브루투스가 자신을 찌르는 것을 보았을 때

반역자들의 팔보다 더 강한 배은망덕 때문에
시저는 무너졌고 그 강한 심장이 터져버렸습니다.
얼굴에 자신의 망토를 뒤집어쓰고 계속해서
피바다가 된 폼페이 동상의 좌대 아래에서
위대한 시저는 쓰러졌습니다. 오, 동포들이여,
이 무슨 재앙에 찬 전락입니까! 유혈 반역이 우리들
머리 위에서 승승장구하던 동안 그때 저와 여러분,
우리들 모두가 쓰러진 것입니다. 아, 내가 보니 여러분들
모두 연민의 통증을 느끼고 계신 것 같으니 이제
그 성스런 눈물을 흘리며 우세요. 다정한 분들이여,
시저의 구멍 난 망토만 봤는데도 이렇게 운단 말입니까?
여기를 보세요, 반역자들 손에 난도질당한
시저가 여기 누워있습니다.

시민 1 오, 끔찍한 광경이군!

시민 2 오, 고귀한 시저여!

시민 3 오, 슬픈 날이여!

시민 4 오, 모반자들, 악당들이여!

시민 1 오, 더없이 잔혹한 광경이여!

시민 2 복수를 합시다.

시민 일동 복수! 갑시다! 찾아서 불 지르고, 태워버리고, 사정없이
죽입시다! 반역자들을 한 놈도 살려두지 맙시다!

안토니 동포들이여, 진정하시오.

시민 1 거기 조용! 훌륭한 안토니 말을 들읍시다.

시민 2 그의 말을 듣고 그를 따르고 그와 함께 죽읍시다.

안토니 다정한 친구들이여, 선한 친구들이여, 나로 하여금
이렇게 급작스런 폭동의 급류로 그대들을 선동하게 하지
말아주시오. 시저를 살해한 사람들은 훌륭한 분들입니다.
무슨 개인적인 원한이 있어 그런 행동을 했는지 애석하게도
나는 알지 못합니다. 그분들은 현명하고 훌륭한 분들이니
틀림없이 여러분들에게 합당한 이유를 댈 것입니다.
친구들이여, 저는 여러분들의 마음을 훔치려고 온 것이
아닙니다. 저는 브루투스 같은 웅변가가 못됩니다. 여러분
모두가 알고 있듯이 저는 친구를 사랑하는 솔직하고
어리석은 사람입니다. 시저의 추도사를 공공연히 허락한
그분들도 그 사실을 너무나 잘 알고 있습니다. 저는 사람의
피를 끓게 할 지혜도 말주변도 위엄도 없는 인물이며
몸짓도 서툴고 목소리도 빈약하고 언변도 없습니다.
저는 단지 솔직하게 말 할뿐입니다. 저는 여러분들이
이미 알고 있는 것을 알려드리는 것이며, 다정했던
시저의 상처와 말없는 칼자국들을 보여드릴 뿐이며,
나 대신 그 상처들이 말하게 할뿐입니다. 그러나
제가 브루투스고 브루투스가 안토니라면, 그 안토니는

여러분들을 격분케 하고 시저의 상처 자국 하나하나에
혀를 달아서 로마의 돌덩이마저 일어서서
난동을 부리게 만들었을 것입니다.

시민 일동 우리가 난동을 일으키겠소.

시민 1 우리가 브루투스의 집을 불태우겠소.

시민 3 그렇다면 자, 갑시다! 가서 음모자들을 찾아냅시다.

안토니 동포들이여, 내 말을 들으시오, 내 말 좀 들어보시오.

시민 일동 조용히! 더없이 훌륭한 안토니의 말을 들어봅시다!

안토니 친구들이여, 여러분들은 영문도 모르는 일을 하겠다는
겁니다. 어떤 점에서 시저가 여러분들의 사랑을 받아
마땅합니까? 아, 애석하게도 여러분들이 알지 못하니
제가 말씀드릴 수밖에. 여러분들은 제가 조금 전에
말씀드렸던 유언장을 잊으셨군요.

시민 일동 맞습니다. 유언장! 가지 말고 유언을 들어봅시다.

안토니 여기에 시저가 도장을 찍은 유언장이 있습니다.
모든 로마 시민 각자에게 시저는
칠십오 드라크마씩 남겼습니다.

시민 2 더없이 훌륭한 시저여! 우리가 그의 죽음에 복수를 하겠소.

시민 3 오, 고결한 시저여!

안토니 조용히 내 말을 들어보시오.

시민 일동 다들 조용!

안토니 이것 말고도 시저는 여러분들에게 자신의 정원과
타이버 강 이쪽에 있는 사유림과 새로 조림한
과수원을 남겼소. 여러분들이 산보하고 쉴 수 있도록
여러분들과 여러분들의 자손에게 영원토록 이것들을
공공유원지로 남겼단 말입니다. 이게 바로 시저였소.
또 언제 그런 인물이 나오겠습니까?

시민 1 결코 없을 것입니다, 결코. 자, 다들 갑시다, 어서!
성스런 화장장에서 시저의 시체를 화장하고
그 부지깽이로 반역자들의 집을 불태웁시다.
시저의 시체를 드시오.

시민 2 가서 불씨를 가져오시오.

시민 3 벤치를 부수시오.

시민 4 긴 의자나 유리창 덮개나 닥치는 대로 뜯어오시오.

(시민들 시저의 시체를 가지고 퇴장)

안토니 이제 제대로 되었군. 재앙이여, 이제 시작되었으니
갈 데로 가렴!

하인 한 명 등장

여봐라, 아니 벌써 오다니!

하인 어르신, 옥타비우스 주인님께서 벌써 로마에 당도했습니다.

안토니 어디 계시냐?

하인 레피두스와 함께 시저의 집에 계십니다.

안토니 내가 곧장 그리로 만나러 가겠다.
때마침 잘 오셨다. 행운의 여신이 웃고 있으니
이런 식이면 우리에게 만사형통이겠어.

하인 주인님 말씀에 브루투스와 카시우스가
로마의 성문을 미친 사람들처럼 빠져나갔다 합니다.

안토니 아마도 그자들이 내가 백성들을 선동했다는
정보를 얻은 거겠지. 자 너의 주인께로 가자.

(모두 퇴장)

3막 3장
〔로마의 거리〕

시인 킨나 등장

킨나 어제 저녁에 내가 시저와 연회를 즐기는
꿈을 꿨더니 불길한 생각들이 머리를 짓눌러
문밖을 나가고 싶은 마음은 없지만
자꾸만 뭔가가 불러내고 있군.

시민들 등장

시민 1 당신 이름이 뭐요?

시민 2 어디를 가는 거요?

시민 3 사는 곳이 어디요?

시민 4 결혼했소, 아니면 총각이오?

시민 2 다들 솔직하게 대답하시오.

시민 1 솔직하고 짧게.

시민 4 솔직하고 현명하게.

시민 3 솔직하고 진실 되게 대답하는 것이 최상이오.

킨나 이름이 뭐냐고요? 어디를 가고 있냐고요? 사는 곳이 어디냐고요? 결혼했느냐, 아니면 총각이냐고요? 그렇다면 솔직하고 짧고, 현명하고 진실 되게 대답하죠. 현명하게 말해서 저는 총각입니다.

시민 2 그 말인 즉 결혼하는 사람들은 바보들이란 뜻이군. 그러니 나한테 한 대 맞아야겠어. 계속해서 솔직하게 대답하라.

킨나 솔직하게 시저의 장례식에 가는 길입니다.

시민 1 친구로서 가는가, 적으로서 가는가?

킨나 친구로서 갑니다.

시민 2 그건 바로 대답했군.

시민 4 짧게 사는 곳을 대라.

킨나 짧게 말해서, 원로원 근처에 삽니다.

시민 3 솔직하게 이름을 말하시오.

킨나 솔직하게 제 이름은 킨나입니다.

시민 1 이자는 음모자이니 갈기갈기 찢읍시다.

킨나 나는 시인 킨나입니다. 시인이라고요.

시민 4 시가 형편없으니 찢어 죽입시다. 엉터리 시인인 죄로.

킨나 나는 음모자 킨나가 아닙니다.

시민 4 상관없어요. 이름이 킨나인 것으로 족해요. 이자의 심장에서 이름을 뜯어내고 나서 돌려보냅시다.

시민 3 이자를 찢어 죽입시다, 찢어 죽여요! 자, 부지깽이를 주시오! 부지깽이를 들고 브루투스의 집으로, 카시우스의 집으로 갑시다. 다 태워버려요. 몇몇은 데시우스의 집으로, 몇몇은 카스카의 집으로, 또 몇 명은 리가리우스의 집으로 갑시다! 자, 어서들 가요!

(모두 퇴장)

4막 1장

[로마, 안토니의 집 방안]

안토니, 옥타비우스, 레피두스가 탁자에 앉아있다

안토니 여기 살생부에 이름이 적힌 사람은 살아남지 못할 것이오.

옥타비우스 레피두스여, 그대 형도 죽어야 한다는데 동의합니까?

레피두스 동의하네만.

옥타비우스 안토니여, 그의 이름도 살생부에 적으시오.

레피두스 마크 안토니여, 그대의 여동생 아들인
푸브리우스도 포함된다는 조건 하에서 동의하네.

안토니 이의 없습니다. 보세요, 조카의 이름에 죽이라는
표시를 했습니다. 그러나 레피두스여, 그대는 시저의
집으로 가서 유언장을 이곳으로 가져오세요. 유산 가운데
어떤 지출을 줄일지 우리가 결정해야겠습니다.

레피두스 아니, 여기 계속 있을 겁니까?

옥타비우스 이곳 아니면 원로원에 있겠소.

(레피두스 퇴장)

안토니 이렇게 쓸모없고 하찮은 인물은
심부름이나 보내기에 적당하오. 세상을
삼등분하는 마당에 저런 자가 그 셋 중
하나를 차지한다는 게 말이 됩니까?

옥타비우스 그렇게 생각하면서도 그대는
우리의 살생부를 작성함에 있어
누구를 죽여야 할지 그의 의견을 묻더군요.

안토니 옥타비우스여, 내가 인생을 그대보다 오래 살았소.
여러 가지 추문의 짐을 우리가 덜기 위해서
이자에게 이런 영예를 주었지만,
황금을 짊어진 당나귀처럼 이 명예를 단지 짊어지고
우리가 가리키는 대로 앞장서거나 뒤따르며
입무에 시달려서 땀 흘리고 신음하게 될 것이오.
우리가 원하는 곳으로 우리의 재화를 가져온 후에는
짐을 내리고서 쫓아버립시다. 짐을 부린
당나귀처럼 귀나 털며 공유 방목지에서
풀이나 뜯도록 말입니다.

옥타비우스 원하시는 대로 하시죠.
그렇지만 레피두스는 노련하고 용맹스런 무사입니다.

안토니 옥타비우스, 내 말도 그렇소. 그 때문에
나는 말에게 여물을 많이 준다오.
말의 몸을 내 마음대로 조종해서
싸웠다, 몸을 틀었다, 멈췄다, 곧장
돌진하도록 내가 그 말을 가르칩니다.
레피두스도 어느 정도 마찬가지입니다.
그런 머리가 빈 친구는 가르치고
훈련을 시켜서 내보내야 합니다.
그는 다른 사람들이 실컷 쓰다버린
골동품이나 예술품이나 모조품에 정신이 팔려
뒤늦게 유행을 따르는 친구입니다.
레피두스는 단지 물건 취급하면 됩니다. 그러니
자, 옥타비우스여, 큰일에 관해 얘기합시다.
브루투스와 카시우스가 군대를 모으고 있소.
우리도 곧장 군대를 일으켜야만 하오.
그러니 우군을 결집시키고 친구를 모으고
가능한 한 최선의 방도를 강구해야만 하오.
곧장 회의를 소집해서 음모를 밝혀내고
공공연한 위험에 대처할 최선의 방법을 강구합시다.

옥타비우스 그렇게 합시다. 우리는 지금 위험에 처해서
많은 적들로부터 공격을 받고 있소.

웃고 있는 자들도 마음속으로는
수많은 적의를 품고 있을 겁니다.

(모두 퇴장)

4막 2장

[사르디스 벌판의 브루투스 막사 앞]

북소리. 브루투스, 티티니우스, 루시우스, 기타 군인들 등장.

루실리우스와 핀다루스가 이들을 맞는다.

브루투스 여봐라, 멈춰라!

루실리우스 암호를 대라! 멈춰라.

브루투스 누구라고, 루실리우스군! 카시우스는 근처에 있는가?

루실리우스 바로 지척에 있습니다. 핀다루스가 자기 주인의 명을 받아 경께 문안 인사드리려고 왔습니다.

(핀다루스가 브루투스에게 편지를 건넨다)

브루투스 고맙소, 핀다루스. 그대 주인은 마음이 변했는지 아니면 잘못된 충고 때문인지 몰라도 하지 말았어야 할 일을 저지르고 말았소. 카시우스가 옆에 있다면 해명을 듣고 싶소이다.

핀다루스 저의 훌륭한 주인님은
변함없이 있는 그대로 존경받아 마땅한
인물임에 틀림없습니다.

브루투스 내 그대 주인을 불신하는 것이 아니오. 루실리우스,
잠깐만. 카시우스가 자네를 어떻게 대했는지 말해주게나.

루실리우스 예의와 존경을 다해서 대했습니다.
그렇지만 예전과 달리
다정한 표시나 흉금을 터놓은
그런 다감한 대화는 없었습니다.

브루투스 자네 말에 따르면
뜨겁던 우정이 식고 있군. 루실리우스여,
사랑이 역겨워지고 사라지기 시작하면
항상 일부러 친절한 척하는 법이라오.
솔직하고 진실한 우정은 기교를 부리지 않지.
그러나 불성실한 사람은 초장에 날뛰는 말들처럼
정기를 자랑하고 과시한다네. 그러나 정작
뜨거운 박차를 견뎌야 할 때는 기가 죽어버리고
겉과 속이 다른 늙은 군마처럼 실전에서는
쓰러지고 말지. 카시우스의 군대가 당도했는가?

루실리우스 오늘 밤 사르디스에서 야영할 생각입니다.
그러나 다수인 기마부대는 전부 카시우스와 함께

도착했습니다.

(무대 안쪽에서 낮은 행군소리)

브루투스 조용! 카시우스가 도착했군.
조용히 나가서 그를 맞아들이시오.

카시우스와 그의 군대 등장

카시우스 여봐라, 거기 멈춰라!

브루투스 여봐라, 거기 서라! 차례대로 암호를 대라.

군인 1 멈춰라!

군인 2 멈춰라!

군인 3 멈춰라!

카시우스 더없이 훌륭한 매부, 그대는 내게 잘못을 했소.

브루투스 하나님, 맙소사! 내가 적들에겐들 잘못을 한단 말이오?
그렇지 않을진대, 어찌 내가 처남에게 잘못 한단 말이오?

카시우스 브루투스여, 그대의 진중한 모습은 잘못을 숨기고 있소.
더군다나 그대가 잘못을 할 때는--

브루투스 카시우스여, 진정하게.
자네 성질을 잘 알고 있으니 서운한 점들이 있으면
조용히 말하게. 우리 둘 사이가 좋다고 여겨야 할
우리 양편의 군인들이 보는 앞에서 싸우지 말고
군인들을 물러가세 하세. 그리고 나서

내 막사에서 자네 서운한 점을 맘껏 털어놓게.
다 들어주겠네.

카시우스 핀다루스여,
가서 내편 장수들로 하여금 휘하 부대를 이곳에서
약간 떨어진 곳으로 이동시키라 이르게.

브루투스 루실리우스, 자네도 똑같이 하게. 우리 둘이 대화를
끝내기 전에는 어느 누구도 막사로 들여보내지 말게.
루시우스와 티니니우스로 하여금 문 앞 보초를 서도록.

(브루투스와 카시우스 외에 모두 퇴장)

4막 3장

〔브루투스의 막사〕

카시우스 이곳 사르디아 사람들에게서 뇌물을 받은 죄로
그대가 루시우스 펠라를 모욕하고 낙인찍은 것은
내게 잘못한 것입니다. 이건 분명합니다.
내가 펠라의 인간 됨됨이를 잘 알기에 봐달라고
편지를 보냈더니 무시해버리더군요.

브루투스 그런 사람을 위해 편지를 쓴 것 자체가 잘못이오.

카시우스 이런 위급한 때에 사소한 잘못을
일일이 지적하는 것은 옳지 않습니다.

브루투스 카시우스여, 내말 좀 들어보오. 자격도 없는
사람들에게 돈을 받고 그대가 관직을
매매한 것은 뇌물을 받은 것만큼이나
비난받을 짓이오.

카시우스 나보고 뇌물이라고!

브루투스가 이런 말을 하니 망정이지 아니었으면,
신들에게 맹세코 이 말이 마지막이 되었을 것이오.

브루투스 카시우스란 이름 때문에 이런 부패가
정당화되고 처벌을 피하게 되는군.

카시우스 처벌이라고!

브루투스 삼월을, 삼월 십오 일을 기억하게!
위대한 시저가 정의를 위해서 피를 흘리지 않았나?
정의가 아니라면 그 어떤 악당들이 그의 몸에
칼을 꽂았단 말인가? 세상에! 그래 세상에서 가장
으뜸가는 사람을 쓰러뜨린 우리들 중 한 사람이
도둑들을 옹호하기 위해서 더러운 뇌물로
우리의 손을 더럽히고, 이렇게 손에 쥘 수 있는
그런 하찮은 것들 때문에 우리들의 드넓은 명예를
팔아넘긴단 말인가? 그런 로마 시민이 되기보다는
나는 차라리 달을 보고 짖어대는
개나 되겠네.

카시우스 브루투스여, 참지 않을 생각이니
나를 건들지 마시오. 나를 제압하려하다니
제정신이 아닌가보군요. 나야말로 상황을
처리함에 있어서 당신보다 더 유능하고,
실전에 있어서도 더 경험 많은 군인입니다.

브루투스 그만 두게, 카시우스. 무슨 소리.

카시우스 맞습니다.

브루투스 아니라니까.

카시우스 제발 좀 가만 계시오. 돌아버릴 것만 같소.
몸 성하고 싶거든 제발 더 이상 나를 자극하지 마시오.

브루투스 졸장부 같으니! 꺼져버리게.

카시우스 이럴 수가 있나요?

브루투스 제발 내 말 좀 들어보오.
자네의 그 급한 성미에 내가 양보를 해야만 하는가?
자네가 미친 사람처럼 쳐다보면
내가 겁을 먹어야 하는가?

카시우스 오, 신들이시여, 신들이시여!
이런 수모를 참아야한단 말입니까?

브루투스 이런 수모라니! 이게 다가 아니오. 자네의 그 거만한
심장이 터질 때까지 안달해 보게. 자네의 노예들에게
자네가 얼마나 화가 났는지 가서 보여줘서 그들로
하여금 부들부들 떨게 하게나. 자네의 그
성마름 때문에 내가 양보하고, 자네에게 아첨을 떨고,
오금을 저리며 서있어야 한단 말인가? 신들에게 맹세코
자네 몸이 갈라지는 한이 있더라도 자네의 분기는
자네가 삼켜야만 하네. 오늘부터 차후로는 자네가

화를 내면 정말이지 자네를 웃음거리,
조롱거리로 삼을 테니까.

카시우스 일이 이런 식으로 되는 겁니까?

브루투스 자네 말로 자네가 더 훌륭한 군인이라니까
그 허풍이 진실임을 진짜로 보여주게나.
나로서는 훌륭한 사람들에게서 배우는 것을
좋아하니 그러면 기분이 좋아질 걸세.

카시우스 나를 막 대하는군요. 브루투스여, 이건 심하오. 내가
경험이 더 많다고 했지 더 유능하다고는 말하지 않았소.
내가 "더 유능하다"고 말했소?

브루투스 그렇게 말했어도 상관없소.

카시우스 시저도 생전에 감히 나를 이렇게 화나게 하지는 못했소.

브루투스 진정하게! 진정해! 감히 시저를 시험하지 못했겠지.

카시우스 감히 라고!

브루투스 그랬네.

카시우스 아니, 감히 시험하지 못했다고?

브루투스 절대로 못 그랬지.

카시우스 나의 우정을 너무 과신하지 마시오.
나도 후회하게 될 짓을 할지도 모릅니다.

브루투스 이미 그런 짓을 했네.
카시우스, 자네가 협박해도 겁나지 않네.

나는 의로움으로 단단히 무장을 하고 있으니
자네의 협박은 내가 괘념치 않는 부질없는
바람처럼 나를 스쳐갈 뿐이네. 사악한
방법으로 내가 군자금을 모을 수 없어서
금화를 얼마만 내게 보내달라고
사람을 보냈더니 자네가 내 청을 거절했지.
하늘에 맹세코 정직하지 못한 방법으로
농부들의 손에서 그들의 무가치한 푼돈을 억지로
뜯어내기 보다는 차라리 내 심장을 동전으로 만들고
내 피를 돈으로 바꾸겠네. 내 군인들 봉급을 주기 위해
금화를 보내달라고 자네에게 전갈을 보냈더니 이걸
자네가 거절했지. 이게 카시우스다운 행동이었는가?
자네가 부탁했더라면 내가 자네에게 그렇게 했을까?
그 빌어먹을 금화를 돈궤에 잠가놓고 친구에게
내주지 않을 정도로 마커스 브루투스가 탐욕스럽게
된다면 신들이시여, 번개를 보내서 그런 자를
즉시 산산조각 내어주소서.

카시우스 거절한 적 없소.

브루투스 거절했소.

카시우스 그렇다면 내 대답을 전한 사람은 얼간이일 뿐이오.
친구는 친구의 약점을 감싸야하는 법인데

브루투스는 내 약점을 과장하고 있으니
내 심장이 찢어집니다.

브루투스 그렇게 하도록 조장하지 않은 한 나는 그렇지 않소.

카시우스 그대는 나를 사랑하지 않소.

브루투스 그대의 결점을 좋아하지 않을 뿐이오.

카시우스 친구의 눈에는 그런 결점이 보이지 않는 법이오.

브루투스 아첨꾼의 눈에는 높은 올림퍼스 산만큼
큰 약점이라도 보이지 않겠지요.

카시우스 자, 안토니와 젊은 옥타비우스여, 자, 이 카시우스
한 사람에게만 복수를 하시오. 카시우스는 이제 세상이
싫어졌소. 사랑하는 친구에게서 미움 받고, 매부에게
도전 받고, 노예처럼 꾸지람을 듣고, 모든 결점을
지적받고 메모장에 기록해뒀다가 달달 외워서 나무람을
받는 신세가 되었소. 아, 실컷 울어서 눈으로 내 정기를
다 흘려보낼 수만 있다면! 여기 내 단검이 있고
여기 내 벌거벗은 가슴이 있으니, 그 속엔 황금보다
값지고 부의 신 플루토의 광산보다 더 보배로운 심장이
있으렸다. 그대가 로마인이라면 내 심장을 꺼내시오.
그대에게 금화를 거절했던 내가 내 심장을 주겠소.
그대가 시저에게 그랬던 것처럼 칼을 휘두르시오.
그대가 시저를 가장 증오했을 때도 카시우스를

사랑했던 것보다 시저를 더 사랑했음을
내 익히 알고 있소.

브루투스 칼을 칼집에 넣게나.
때가 되면 마음껏 화를 내게 될 것이네.
자네가 무슨 짓을 하든지 나에 대한 모독을
변덕으로 여기겠네. 오, 카시우스여, 부싯돌이
불을 지니듯이, 분노를 참아내는 양과 같은 사람과
자네는 한패일세. 부싯돌은 세게 부딪히면 곧 불꽃이
튀지만 이내 식어지고 말지.

카시우스 슬픔과 언짢음으로
기분이 나쁜 카시우스가 브루투스의 웃음과
조롱거리나 되려고 지금껏 살아왔단 말인가?

브루투스 심한 말을 했을 때 나 역시 기분이 좋지 않은 상태였네.

카시우스 인정하시는 겁니까? 그렇다면 악수하시죠.

브루투스 진심일세.

카시우스 오, 브루투스여!

브루투스 무슨 일인가?

카시우스 어머니에게서 물려받은 급한 성미 때문에 내가
제정신이 아닐 때 당신이 참아줄 정도의 나에 대한
사랑도 없단 말입니까?

브루투스 알겠네, 카시우스.

이제부터는 자네가 나에게 화를 내면
자네 모친이 나무라신다고 생각하고 그렇게 여기겠네.

시인 (무대 안쪽에서) 장군들을 알현하도록 나를 들여보내주시오.
둘 사이에 무슨 불화가 있으니 그들만 내버려두면
좋지 않습니다.

루실리우스 (안쪽에서) 들어가면 안 됩니다.

시인 (안쪽에서) 죽어도 가야겠소.

시인에 뒤이어 루실리우스, 티니니어스, 루시우스 등장

카시우스 아니! 무슨 일이냐?

시인 장군들이여, 부끄러운 줄 아시오! 이게 무슨 짓입니까?
그대들보다 세상을 더 산 사람으로 하는 말인데
서로 사랑하고 두 사람은 의당 친구가 되시오.

카시우스 하, 하! 이 무례한 녀석 시 짓는 게 형편없군!

브루투스 건방진 녀석, 썩 물러가라, 어서!

카시우스 그자의 방식이니 가만두시오, 브루투스.

브루투스 저자가 때를 가린다면 그 기분을 인정하겠소.
이런 전쟁에 저런 엉터리 시인들이 무슨 소용이란
말이오? 여보게, 물러가게.

카시우스 물러가라, 물러가, 어서!

(시인 퇴장)

브루투스 루실리우스와 티티니어스는 가서 장군들에게 오늘밤
군대를 야영시킬 준비를 하라고 이르시오.

카시우스 갔다 오는 길에 메살라를 즉시 우리들 앞으로
데리고 같이 와주게.

(루실리우스와 티티니어스 퇴장)

브루투스 루시우스, 술 한 사발만 가져다주게!

(루시우스 퇴장)

카시우스 그렇게 화를 내실 줄은 생각지도 못했소.

브루투스 오, 카시우스여, 많은 슬픔으로 괴롭소.

카시우스 사사로운 해악에 그렇게 마음이 쏠린다면
그대의 견인주의 철학은 무용지물이군요.

브루투스 나보다 더 슬픔을 잘 견디는 사람도 없소.
아내 포셔가 죽었소.

카시우스 아니! 포셔가!

브루투스 그렇소.

카시우스 그렇게 어깃장을 놓았는데 내가 어떻게 살아남았죠?
아, 견딜 수 없는 가슴 아린 슬픔이여!
무슨 병이었소?

브루투스 나와 떨어져 있는 것을 참을 수 없었고,
아내가 죽었다는 소식과 더불어 그 소식도 온 것으로
보아, 마크 안토니와 젊은 옥타비우스가 그렇게

막강해진 데 대한 슬픔 때문에 정신이 나가서,
시녀들이 자리를 비운 사이 탄불을 삼켰다오.

카시우스 그렇게 죽었습니까?

브루투스 그렇다오.

카시우스 오, 불멸의 신들이시여!

술과 횃불을 가지고 루시우스 다시 등장

브루투스 마누라 얘기는 그만 하시오. 술잔을 이리 다오.
카시우스, 이 술로 모든 유감을 묻어버리겠소.

(술잔을 비운다)

카시우스 그 맹세에 나도 기꺼이 화답하겠소. 루시우스,
술잔이 넘치도록 술을 따라라. 내 아무리 마셔도
브루투스의 사랑을 다 마시지 못하리라.

(술잔을 비운다)

브루투스 티티니우스야, 들어오너라.

(루시우스 퇴장)

티티니우스가 메살라를 데리고 다시 등장

잘 왔소, 메살라.
자 이곳 횃불 주변에 가까이들 앉아서

필요한 것들을 의논해보세.

카시우스 포셔여, 가셨단 말입니까?

브루투스 제발, 그만하게.
메살라, 젊은 옥타비우스와 마크 안토니가
필립파이를 향해 행군하는
대군을 끌고 우리를 쫓는다는
편지를 여기 받았소.

메살라 저도 똑같은 내용의 편지를 받았습니다.

브루투스 다른 소식은?

메살라 살생부와 불법 통지문을 가지고
옥타비우스, 안토니, 레피두스가 백 명의
원로원 의원들을 살해했다 합니다.

브루투스 그 점에 있어서는 우리의 편지 내용이 썩 일치하지
않는군요. 내 편지에는 키케로를 포함해서
살생부로 죽은 숫자가 칠십 명이라고 되어 있어요.

카시우스 키케로가 죽다니!

메살라 키케로도 죽었소.
그것도 살생부의 집행에 의해서였소.
장군, 부인께서 보낸 편지는 받으셨습니까?

브루투스 아니, 못 받았소.

메살라 부인 소식을 전하는 편지가 하나도 없었단 말입니까?

브루투스 그렇다오, 메살라.

메살라 그것 참 이상하군요.

브루투스 왜 그러시오? 그대 편지 중에 내 마누라 소식이 있소?

메살라 아닙니다.

브루투스 아니, 로마인답게 내게 진실을 말해주시오.

메살라 그렇다면 진실을 말해드릴 테니 로마인답게 받아들이시오.
확실하게 포셔가 죽었소. 그것도 이상한 방식으로.

브루투스 포셔여, 잘 가시오. 메살라, 우리는 죽게 마련이오.
마누라가 언젠가 한 번은 죽어야한다는 생각을 하니
이제 죽음을 견딜 수 있는 힘이 내게 생기오.

메살라 위대한 인간들이란 큰 상실을 견디는 분들입니다.

카시우스 나도 이론적으로는 그대와 같은 생각이지만
내 본성은 이를 견딜 수 없을 것이오.

브루투스 자, 산 사람으로 살아갈 일을 얘기합시다. 곧장
필립파이로 진군하는 데 대한 여러분들 생각은 어떻소?

카시우스 좋지 않은 것 같습니다.

브루투스 왜 그렇게 생각하오?

카시우스 이유인 즉,
적이 우리를 찾도록 하는 것이 좋습니다. 그렇게 되면
적의 물자가 소진되고 군사들은 지치고 해서
스스로에게 해를 가하게 되는 셈이죠. 그러는 동안

우리는 가만히 누워서 휴식을 취하고,
방어망을 튼튼히 하고, 민첩하게 됩니다.

브루투스 맞는 얘기죠. 그러나 진군을 해야 할 더욱 합당한
이유가 있소. 필립파이와 이곳 중간에 살고 있는
주민들은 우리에게 조공을 제공한 원한 때문에
억지로 충성을 표하고 있을 뿐이오. 이들 주민들의
거주지를 따라 진군하는 적군이 이들의 합세로
숫자가 늘어나고, 원기를 회복하고, 원병을 얻어
사기를 더하게 될 것이오. 이들 주민들을
우리 등 뒤에 두고 적을 필립파이에서 마주한다면
적군이 취할 이러한 이점을 우리가
차단하게 되는 겁니다.

카시우스 매부, 내 얘기를 들어보세요.

브루투스 더 들어보게나. 우리들은 이미 친구들을
최대한 끌어 모았고, 군사는 사기충천하고
우리의 계획은 충분히 수립되었소. 적은
매일같이 늘어나고 있는 반면에 우리들은
정점에서 기울려하고 있소. 사람의 일에는
때가 있는 법이니, 밀물 때를 만나면
운수대통이지만 이 기회를 놓치면 인생의 항해는
여울목과 질곡 속에 좌초하고 말지.

지금 우리는 만조를 맞이하고 있으니 이 조류를
타지 않으면 우리의 모험은 실패하게 되네.
이점들을 명심해야만 하네.

카시우스 그렇다면 뜻대로 하시죠.
우리 편에서 나아가서 적들을 필립파이에서 맞읍시다.

브루투스 얘기하다 보니 밤이 깊었군.
다들 졸리니
잠시나마 눈 좀 붙이세.
더 할 얘기들 있는가?

카시우스 없습니다. 안녕히 주무세요.
아침 일찍 일어나서 진군해 갑시다.

루시우스 다시 등장

브루투스 루시우스야! 내 잠옷을 가져오너라.

(루시우스 퇴장)

메살라, 안녕히 가시오. 잘 자시오. 티티니어스. 훌륭한
카시우스. 잘 자고 푹 쉬게나.

카시우스 아, 사랑하는 매부!
초저녁엔 시작이 안 좋았었지요.
우리 사이에 이런 불화가 다시는 없도록
노력합시다!

브루투스 오해가 풀려서 다들 잘 됐네.

카시우스 잘 주무세요.

브루투스 처남, 잘 자게.

티티니어스, 메살라 브루투스, 안녕히 주무십시오.

브루투스 다들, 안녕히.

(카시우스, 티티니어스, 메살라 퇴장)

루시우스가 잠옷을 가지고 다시 등장

잠옷을 이리 다오. 너의 악기는 어디 있느냐?

루시우스 이곳 막사 안에 있습니다.

브루투스 그래, 졸리느냐?
불쌍한 녀석, 못 자서 피곤할 테니 졸리는 것도
무리가 아니겠지. 클로디우스와 다른 몇몇 부하들을
불러오너라. 내 막사 안 요에 재워야겠다.

루시우스 바로와 클로디우스 어디 있소?

바로와 클로디우스 등장

바로 장군님, 부르셨습니까?

브루투스 그래, 제군들, 내 막사에서 누워 자게나.
처남인 카시우스한테 심부름 보낼 일로
내 자네들을 곧 깨우겠네.

바로 괜찮으면 저희들은 원하시는 동안 보초를 서겠습니다.

브루투스 그건 안 될 말일세. 내 마음이 바뀔지도 모르니
다들 눕게나. 루시우스, 내가 그렇게 찾던 책이
여기 있구나. 잠옷 호주머니에 넣어 두었군 그래.

(바로와 클로디우스가 눕는다)

루시우스 분명히 주인님이 그 책을 저한테 주시지 않았습니다.

브루투스 얘야, 용서해라. 내가 요새 무척 깜빡깜빡하는구나.
잠깐만 졸린 눈을 치켜뜨고
한 두 곡조 연주해줄 수 있겠니?

루시우스 원하신다면 그러죠.

브루투스 그래라. 내가 너를
너무 힘들게 하는데도 내색을 않는구나.

루시우스 제가 할 일인데요.

브루투스 너의 힘에 부치게 너를 억지로 시켜서는 안 되지.
젊은 혈기는 충분한 휴식이 필요하단다.

루시우스 이미 충분히 잤습니다.

브루투스 잘 했다. 조금만 있다가 다시
자게 해주마. 내가 살아남는다면
잘 해주마.

(음악과 노랫소리)

이건 졸리는 곡조구나. 아, 죽음 같은 잠이여,

음악을 연주하는 내 시동을 너는 그 육중한
무기로 포획한단 말이냐? 착한 녀석, 잘 자거라.
너를 깨우는 그런 큰 잘못을 해서는 안 되겠구나.
졸다가 악기 줄이 망가질 것 같으니 악기를
치워줘야겠군. 이제 됐다, 마음 놓고 잘 자거라.
어디 보자, 어디 봐. 내가 읽다 둔 책장을
접어두지 않았나? 그래, 여기군.

시저의 유령 등장

아니 왜 이렇게 횃불이 약하지! 아니!
거기 누구요? 눈이 침침해져서 이런 끔찍한
유령이 다 눈앞에 보이는구나. 유령이 나를 향해
다가오고 있군. 너는 실체가 있는 것이냐?
내 피를 얼게 하고 머리끝이 곤두서게 하는 너는
신이냐, 천사냐, 아니면 악마란 말이냐?
너의 정체를 내게 밝혀라.

유령 그대의 악령이다, 브루투스여.

브루투스 찾아온 이유가 무엇이냐?

유령 필립파이에서 나를 보게 될 것이라고 일러주러 왔다.

브루투스 그럼 필립파이에서 널 다시 만난단 말이냐?

유령 그렇다, 필립파이에서.

브루투스 그렇다면 필립파이에서 만나겠다.

(유령 퇴장)

내가 용기를 되찾으니 유령이 사라지는군.
악령이여, 너와 더 얘기하고 싶구나.
얘야, 루시우스! 바로! 클로디우스!
다들 일어나라! 클로디우스!

루시우스 주인님, 악기 줄의 음이 안 맞습니다.

브루투스 저 녀석은 여전히 악기를 타고 있다고 생각하는군.
루시우스, 일어나라!

루시우스 부르셨습니까?

브루투스 그렇게 소리를 지르는 것을 보니 악몽을 꿨느냐?

루시우스 소리 질렀는지 몰랐는데요.

브루투스 소리를 지르더구나. 꿈에 뭘 봤느냐?

루시우스 아무 것도 본 게 없는데요.

브루투스 그렇다면 다시 자거라, 애야. 클로디우스!
(바로에게) 녀석아, 일어나!

바로 부르셨습니까?

클로디우스 부르셨습니까?

브루투스 왜 다들 잠결에 그렇게 소리를 질렀느냐?

바로, 클로디우스 소리를 질렀다고요?

브루투스 그래. 뭘 본 게 있느냐?

바로 아니요, 아무 것도 못 봤습니다.

클로디우스 저도 마찬가지입니다.

브루투스 가서 내 처남인 카시우스에게 안부를 전하고,
우리도 곧 뒤따라 갈 것이니 앞서 아침 일찍
군대를 출발시키라고 전해라.

바로, 클로디우스 분부대로 하겠습니다.

(퇴장)

5막 1장
〔필립파이 벌판〕

옥타비우스, 안토니, 그들의 군대 등장

옥타비우스 자, 안토니 장군, 우리의 희망대로 되었소.
장군은 적이 이곳으로 내려오지 않고
언덕과 고지대를 사수할 것이라고 말씀하셨죠.
틀렸습니다. 적의 군대가 가까이 왔습니다.
적은 우리가 결선을 요구하기 전에 이곳
필립파이에서 싸움을 걸어올 심산인가 봅니다.

안토니 쳇, 나는 그들의 속마음을 꿰뚫고 있으니
그들이 왜 그러는지 그 이유를 알고 있소.
그들은 겁이 나니까 용맹을 과시하며 우리 진영을
찾아 내려와 자신들의 용기를 우리들에게
주입시키겠다고 생각하고 있소.

그러나 실상은 그렇지 않소.

전령 등장

전령 장군님들, 준비 하시지요.
붉은 깃발을 펄럭이며 용감한 체하며
적들이 몰려오고 있습니다.
그러니 곧장 준비를 하셔야합니다.

안토니 옥타비우스, 이곳 평평한 들판의 왼쪽으로
그대의 군대를 천천히 이동시키시오.

옥타비우스 내가 오른쪽으로 갈 것이니 그대는 왼쪽을 지키시오.

안토니 이런 위급한 상황에 그대는 어찌 어깃장을 놓으시오?

옥타비우스 어깃장이 아니라 내 하고 싶은 대로 하겠소.

(퇴장)

브루투스, 카시우스, 그들의 군대 등장.

루실리우스, 티티니어스, 메살라, 다른 사람들 등장

브루투스 적들이 멈춰서 대화를 바라는군.

카시우스 티티니우스, 멈추시오. 우리가 나가서 대화를 하겠소.

옥타비우스 마크 안토니 장군, 전투 신호를 보낼까요?

안토니 아니요, 시저. 적들이 공격해오면 우리가 응수할 것이요.
나아가시오. 적장들이 대화를 바라고 있소.

옥타비우스 신호가 떨어지기 전에는 꼼짝하지 마라.

브루투스 전투 이전에 대담이라. 그렇소, 동포들?

옥타비우스 그대만큼 우리도 대화를 좋아해서 이러는 것은 아니오.

브루투스 옥타비우스, 형편없는 칼솜씨보다는 좋은 말이 낫지요.

안토니 브루투스, 사악한 칼을 휘두르면서도 그럴듯한 말을
하는군. 시저의 심장에 당신이 낸 그 칼 구멍이 증인이요.
"시저 만세! 시저, 만세!"하고 외치더군.

카시우스 안토니,
그대의 칼날이 어디로 떨어질지는 봐야 알겠지만
그대의 연설에 관해 말하자면, 그대는 벌통의 꿀을
감언이설로 몽땅 앗아가 버렸소.

안토니 벌침도 있었소.

브루투스 맞소, 그것도 소리도 없이.
안토니, 그대는 벌들의 울음소리를 훔쳤고
벌침을 찌르기 전에 매우 현명하게 위협을 가했소.

안토니 악당들, 그대들은 사악한 단검으로 시저의 옆구리를
앞다퉈 난도질 할 때 협박도 하지 않았었소. 그대들은
원숭이처럼 이빨을 드러내고 웃고 사냥개처럼 알랑거렸고
노예처럼 절하며 시저의 발등에 입을 맞췄소.
그러는 동안 빌어먹을 카스카가 똥개처럼 등 뒤에서
시저의 목을 찔렀소. 아, 아첨꾼들이여!

카시우스 아첨꾼이라고! 자, 브루투스여, 자업자득입니다.
카시우스의 말을 들었더라면 저놈의 혀에서
이런 모욕을 들을 일은 오늘 없었을 겁니다.

옥타비우스 자, 자, 요점을 대시오. 말싸움으로 진땀을 빼기
보다는 누구 말이 맞는지 피를 흘려 증명해봅시다.
자, 보시오. 나는 음모자들을 향해 칼을 빼 들었소.
언제 다시 칼을 거두리라 그대는 생각하시오?
시저의 몸에 난 서른 세 곳의 상처에 대한 복수가
이뤄지기 전 아니면 또 다른 시저가 반역자들의 칼에
살해되기 전에는 결코 칼을 거두는 일은 없을 것이오.

브루투스 시저, 반역자들을 그대 편에 데리고 있지 않는 한
반역자들의 손에 죽는 일은 없을 것이오.

옥타비우스 그러길 바라오.
나는 브루투스의 칼에 죽을 팔자는 아니오.

브루투스 오, 그대가 그대의 가계 중에 가장 훌륭한 인물일지라도
그보다 더 영예로운 죽음을 맞이할 수는 없을 것이네.

카시우스 그런 명예를 누릴 가치도 없는 어리석은 애송이여,
가면무도와 주흥을 즐기는 녀석과 한패라니!

안토니 여전히 늙은 카시우스답군!

옥타비우스 자, 안토니 장군, 갑시다.
반역자들이여, 너희들의 면전에 도전장을 던지니

오늘 감히 싸울 생각이면, 전장으로 나와라.
그렇지 않다면 싸울 배짱이 생길 때 오너라.

(옥타비우스, 안토니, 그들의 군대 퇴장)

카시우스 자, 태풍아 불고, 파도야 일어라. 배를 띄워보자!
태풍이 일었으니 만사가 운에 달렸구나.

브루투스 여보게, 루실리우스! 잠시 한 마디만.

루실리우스 (앞으로 나서며) 찾으셨습니까?

(브루투스와 루실리우스가 따로 귓속말을 나눈다)

카시우스 메살라!

메살라 무슨 일이십니까, 장군?

카시우스 메살라,
오늘이 내 생일일세. 바로 오늘 이 카시우스가
태어났단 말이오. 메살라, 자네 손을 이리 주게.
자네가 내 증인이 되어주게. 폼페이 장군이
그랬던 것처럼 내 뜻과 다르게 한 번의 선두에
우리의 모든 특권을 다 걸었소. 그대도 알듯이
나는 에피쿠로스 철학을 강하게 신봉하는
사람이지만, 이제 생각이 바뀌어 전조를
일부 믿게 되었소. 사르디스에서 이곳으로
오는 길에 우리의 선두 군기에 독수리 두 마리가
내려앉아서 회를 치고 우리 병사들이 건네는 음식을

게걸스럽게 받아먹었소. 독수리들이 이곳
필립파이까지 우리를 따라왔는데 오늘 아침
모두 날아가 버렸소. 독수리 대신에 까마귀,
갈까마귀, 매들이 우리 머리 위로 날아와서 마치
우리가 죽어가는 먹잇감이나 되는 듯이 우리들을
내려다봤소. 그 새들의 그림자가 더없이 불길한
휘장처럼 보이는데, 그 아래 우리의 군대가 다들
죽을 준비를 하고 야영하고 있는 것 같았소.

메살라 그런 것을 믿지 마시오.

카시우스 다 믿는 것은 아니오.
나는 정신이 맑고 모든 위험을
단호하게 맞이할 결심이 서 있소.

브루투스 바로 그렇소, 루실리우스.

카시우스 자, 가장 훌륭한 브루투스여,
평화를 사랑하는 우리가 장수를 누릴 수 있도록
오늘 신들이 우리 편이 되어주길 빕시다!
그러나 인간사는 항상 확신을 할 수 없는 것이니
가능한 최악의 상황을 얘기해 둡시다.
우리가 이 전투에서 패하게 된다면, 지금이 우리가
서로 얘기를 나눌 수 있는 마지막 기회입니다.
그러니 무슨 일을 하실 작정이십니까?

브루투스 내가 한때 카토의 자결을 비난했던
바로 그 스토아 철학의 원리에 따르면,
무슨 일이 일어날지 몰라 겁이 나서
주어진 수명을 단축하는 것은 비굴한
겁쟁이 짓이오. 방법은 아직 모르겠지만,
이 땅의 우리를 지배하는 저 높은
신들이 정해준 운명을 참을성 있게
기다릴 작정이오.

카시우스 그렇다면, 우리가 이번
전투에 패해 개선행진 가운데 로마의 거리에서
끌려다녀도 좋단 말입니까?

브루투스 카시우스, 그건 아니오. 그대 훌륭한 로마인이여,
브루투스가 결박된 채 로마로 끌려갈 것이라고는
생각도 마시오. 브루투스는 그런 소인이 아니오.
그러나 바로 오늘 삼월 십오 일에 시작했던 과업을
끝내야만 하오. 우리가 다시 만나게 될지 모르겠으니
우리 영원한 작별인사를 나누세.
카시우스여, 잘 가시게, 영원히, 영원히!
우리가 다시 만나게 된다면, 서로 웃게 되겠지.
못 만나게 된다면, 그래 이 작별로 족한 거지.

카시우스 브루투스여, 안녕히 가시오, 영원히, 영원히!

우리가 다시 만나게 되면 그땐 정말로 웃게 될 겁니다.
못 만나게 된다면, 맞습니다, 이번 이별로 족한 거지요.

브루투스 자 그러면 진군하세. 아, 오늘 일의 결과를
인간이 미리 알 수만 있다면 좋으련만!
그렇지만 날은 저물 것이고, 그때 가면
결과를 알게 되겠지. 자, 어서 가세! 어서!

(모두 퇴장)

5막 2장

〔전쟁터〕

브루투스와 메살라 등장

브루투스 메살라, 부지런히 말을 달려 이 편지들을 맞은편에 있는
군대에 전해주시오. 어서 가시오.

(큰 나팔소리)

옥타비우스 진영의 열기가 식은 것을 보니
기습공격을 감행하면 이들을 무니뜨릴 수 있을 것 같소.
그러니 카시우스의 군대에게 즉시 공격을
개시하라 이르시오. 메살라, 말을 달리시오, 달려.
카시우스의 군대로 하여금 다들 내려오게 하시오.

(퇴장)

5막 3장

[전장의 다른 곳]

나팔소리. 카시우스와 티티니어스 등장

카시우스 저기 보시오, 티티니어스, 저기 봐요. 빌어먹을 놈들이 도망하고 있소! 나 자신이 아군의 적이 되었소. 내 군기병이 등을 돌리고 달아나기에 내가 그 겁쟁이를 살해하고 군기를 빼앗아 가져왔소.

티티니어스 아, 카시우스, 브루투스가 명령을 너무 일찍 내렸소. 옥타비우스 군대에 승기를 잡자 그는 너무 일찍 승리를 확신했고, 브루투스의 군사들은 약탈을 시작했소. 우리들이 모두 안토니에게 포위당해 있는데도 말이오.

핀다루스 등장

핀다루스 주인님, 멀리 도망하세요, 멀리 멀리!

마크 안토니가 주인님 막사를 차지했습니다.
그러니 훌륭한 주인님, 멀리멀리 달아나세요.

카시우스 이 언덕에서 멀리 떨어져 있어 잘 안 보이는데.
티티니어스, 잘 보게. 불이 붙은 것이 내 막사인가?

티티니어스 그렇습니다, 장군.

카시우스 티티니어스, 날 사랑하는 마음이
있거든, 내 말에 올라타고 사정없이 박차를 가해
부지런히 저 아래쪽 군대에 달려갔다가 다시 돌아와서
저 아래쪽 군대가 적군인지 아군인지 확실하게 내게
알려주게. 이거 원 불안해서 가만히 있을 수가 없네.

티티니어스 눈 깜짝할 사이에 갔다 오겠습니다.

(퇴장)

카시우스 핀다루스야, 저 언덕 꼭대기로 올라가거라.
눈이 계속 침침하구나. 티티니어스의 모습을 주시하고
저 아래 전장의 모습을 나에게 알려 주거라.

(핀다루스가 언덕을 올라간다)

오늘이 바로 내 생일인데, 세월이 한 바퀴를 돌아
내가 태어난 날 죽게 되는구나. 내 수명이
다한 것이지. 얘야, 무슨 소식이 있느냐?

핀다루스 (무대 위쪽에서) 아, 주인님!

카시우스 무슨 일이냐?

핀다루스 티티니어스가 그를 향해 달리는 기병들에게 포위되어 있습니다. 그래도 티티니어스는 계속 박차를 가하고 있습니다. 이제 기병들이 거의 근접했습니다. 이제 따라잡았습니다! 이제 몇 사람이 말에서 내리고, 아, 티티니어스도 말에서 내리고 있습니다! 잡혔습니다.

(함성소리)

들어보세요! 기쁨의 환호성이 들립니다.

카시우스 더 이상 보지 말고 내려오너라. 목전에서 내 최고의 친구가 포로가 되는 것을 지켜볼 정도로 오래 살다니 나란 놈은 이 무슨 겁쟁이란 말인가!

(핀다루스가 언덕을 내려온다)

얘야, 이리 오너라. 내가 너를 페르시아의 파르티아에서 포로로 잡았었지. 그 때 너의 목숨을 살려주는 대가로 내가 시키는 일은 뭐든지 다 하기로 너는 내게 맹세했었지. 자, 이제 그 맹세를 지켜라. 이제 너는 자유다. 시저의 내장을 뚫었던 이 칼로 내 가슴을 찔러다오. 대답은 필요 없으니 이 칼자루를 잡고 지금처럼 내가 얼굴을 가리거든 칼을 꽂아라.

(핀다루스가 카시우스를 찌른다)

시저여, 그대는 이제 그대를 살해했던
바로 그 칼로 나에게 복수를 한 셈이오.

(죽는다)

핀다루스 이제 자유의 몸이군. 그러나 내 뜻대로 했다면 이렇게
자유의 몸이 되지는 않았겠지. 오, 카시우스 장군님!
핀다루스는 이곳에서 멀리멀리 달아나서
로마인이 한 사람도 살지 않는 곳으로 가야겠다.

(퇴장)

티티니어스가 메살라와 같이 등장

메살라 티티니어스, 이건 단지 장군 멍군일 뿐이오.
옥타비우스가 훌륭한 브루투스의 군대에게 패배당하고,
카시우스의 군대는 안토니에게 패배했으니 말이오.

티티니어스 카시우스가 이 소식을 들으면 위안이 되겠군요.

메살라 자네가 떠나올 때 카시우스는 어디에 계셨나?

티티니어스 노예 핀다루스를 데리고
온통 수심에 잠겨 언덕 위에 계셨소.

메살라 저기 땅에 쓰러져 있는 사람이 카시우스 아니오?

티티니어스 살아있는 것 같지 않는데요. 오, 맙소사!

메살라 카시우스 맞소?

티티니어스 맞습니다. 카시우스 장군입니다.

그러나 더 이상 산 사람이 아닙니다. 오, 낙조여,
그대의 붉은 빛이 어두운 밤으로 떨어지듯이,
카시우스의 대낮이 붉은 피 속에 졌구나.
로마의 태양이 지다니! 우리의 대낮은 저물었고
구름과 이슬과 위험뿐. 우리의 일은 끝났소!
내가 실패할까 두려워 이렇게 죽음을 택하셨구나.

메살라 실패가 두려워 이런 끔찍한 일을 저질렀소.
오, 우울의 자식인 가증스런 실수여,
너는 어이해서 헛된 인간의 상상에 헛것을
보여준단 말이냐? 오, 쉽게 잉태된 실수여,
너는 세상에 태어나자마자 너를 낳아준
어미를 죽이는구나!

티티니어스 핀다루스, 어디 있느냐? 핀다루스?

메살라 티티니어스, 그를 찾아보시오. 나는 고결한 브루투스를
만나서 이 소식을 그의 귓구멍에 쑤셔넣겠소.
"쑤셔넣겠단" 말이오. 이 끔찍한 모습을 전하는
소식보다는 칼로 찔리고 독 묻은 창을 맞는 편이
브루투스에게 더 좋을 것입니다.

티티니어스 서둘러 가보시오, 메살라.
나는 그동안 핀다루스를 찾아보겠소.

(메살라 퇴장)

훌륭한 카시우스여, 왜 나를 내려 보냈습니까? 그대 친구들이 나를 환대하고 내 이마에 승리의 화관을 씌워주면서 그대에게 전해달라고 하지 않았던가요? 그대는 그들의 환호성을 못 들었단 말입니까? 애석하게도 그대는 모든 일을 오해했군요! 잠깐, 이 화관을 그대의 이마에 쓰시오. 그대의 브루투스가 이것을 그대에게 주라고 했으니 나는 그의 분부를 따르는 것이오. 브루투스여, 어서 와서 내가 얼마나 카이어스 카시우스에게 존경을 표했는지 보시오. 신들이여, 용서하소서. 이건 로마인다운 행동입니다. 자, 카시우스의 칼이여, 티티니어스의 심장을 찔러라.

(죽는다)

나팔소리. 메살라가 브루투스, 젊은 카토, 스트라토, 볼룸니우스, 무실리우스와 함께 다시 등장

브루투스 메살라, 카시우스의 시체가 어디 있단 말이오, 어디에?

메살라 저기 있습니다. 티티니어스가 슬퍼하고 있습니다.

브루투스 티티니어스의 얼굴이 하늘을 향하고 있군.

카토 그는 죽었습니다.

브루투스 오, 줄리어스 시저여! 그대는 여전히 막강하군요! 그대 혼령이 활보하고 다니면서 우리의 칼로 우리의

창자를 찌르도록 하는구나.

(낮은 나팔소리)

카토 훌륭한 티티니어스여!
보세요, 그가 죽은 카시우스에게 화관을 씌워놓았소!

브루투스 이들처럼 훌륭한 로마인들을 찾아볼 수 있을까?
최후의 로마인들이여, 잘 가시오! 로마에서
그대 같은 인물들이 다시 태어나기는 불가능하오.
친구들이여, 내 아무리 눈물을 많이 흘려도 이들
두 망자들을 위해서는 부족할 따름이오. 카시우스여,
내 그대를 따로 추도할 때가 있겠지요, 그런 때가.
자, 우선 그의 시체를 타소스 섬으로 보내시오.
우리 군대의 사기를 저하시킬까 두려워 그의
장례식은 우리 진영에서 치루지 않겠소. 갑시다.
루실리우스, 젊은 카토여, 전쟁터로 갑시다.
라베오와 플라비우스여, 군사들을 출발시키시오.
지금 오후 세시이니, 로마인들이여, 저녁이 오기 전에
두 번째 전투에서 우리의 승패를 겨뤄봅시다.

(모두 퇴장)

5막 4장
[전장의 또 다른 곳]

나팔소리. 브루투스, 젊은 카토, 루실리우스, 다른 사람들 등장

브루투스 동포들이여, 기죽지 말고 용기를 내시오!

카토 고개를 못 들 정도로 비굴한 사람이 있단 말입니까?
누가 나와 함께 하겠소? 전쟁터 사방에 내 이름을
떨칠 작정이오. 들으시오, 나는 마커스 카토의 아들이오!
폭군에겐 적이지만 조국에는 친구요.
나는 마커스 카토의 아들이란 말입니다!

(군인들 등장해서 싸운다)

루실리우스 그렇다면 나는 브루투스, 마커스 브루투스요.
내 조국을 사랑하는 브루투스란 말이오!
아, 젊고 훌륭한 카토여, 그대 쓰러져 있는가?
그대 역시 티티니어스 만큼이나 훌륭하게 죽었으니

카토의 아들로 영예를 누리리라.

군인 1 항복하지 않으면 죽을 것이다.

루실리우스 나는 단지 죽고 싶어 항복할 뿐이다.
이 정도 돈이면 너는 곧장 나를 죽여주겠구나.
(돈을 준다)
브루투스를 죽여서 명예를 얻어라.

군인 1 그럴 수는 없지. 훌륭한 포로군!

군인 2 물러서라! 안토니 장군에게 브루투스를 잡았다고 일러라.

군인 1 내가 소식을 전하겠소. 마침 여기 장군이 오시는군.

안토니 등장

장군님, 브루투스를 포획했습니다, 브루투스를.

안토니 어디 있느냐?

루실리우스 안전하오, 안토니. 브루투스는 안전하시오.
장담하지만 어느 누구도 훌륭한 브루투스를
산채로 잡을 일은 없을 것이오. 신들이시여,
그에게 그런 큰 치욕을 면해주소서! 그대들이
브루투스를 산채로 보게 되든지 죽은 채로 보게
되든지 그는 그 이름에 걸맞는 사람일거요.

안토니 여보게, 이자는 브루투스가 아니야. 그렇지만 확실히
그와 맞먹는 값진 인물이니 안전하게 지키고

친절하게 대하라. 저런 사람들을 나는 적이 아니라
친구로 갖고 싶다. 자, 다들 가서
브루투스가 살았는지 죽었는지 알아보고,
사태가 어떻게 돌아가고 있는지
옥타비우스의 막사로 와서 나에게 보고하라.

(모두 퇴장)

5막 5장

〔전장의 또 다른 곳〕

브루투스, 다르다니우스, 클리투스, 스트라토, 볼룸니우스 등장

브루투스 자, 가련한 생존자들이여, 이 바위에 앉아 쉬세.

클리투스 스타틸리어스가 약속한 봉화를 들어보였지만 돌아오지는 않았습니다, 장군님. 잡혔거나 살해된 것이 분명합니다.

브루투스 클리투스, 그대도 앉으시오. "살해"라는 말이 유행어가 되었고, 자살이 유행이 되었구려. 클리투스, 들어보시오.

(귓속말로 속삭인다)

클리투스 장군님, 아니 제가요? 세상을 다 주어도 못 합니다.

브루투스 그렇다면 조용! 더 얘기하지 마시오.

클리투스 차라리 제가 죽겠습니다.

브루투스 다르다니우스, 들어보시오. (귓속말로 속삭인다)

다르다니우스 나보고 그런 일을 하라고요?

클리투스 오, 다르다니우스!

다르다니우스 오, 클리투스!

클리투스 브루투스가 그대에게 무슨 못된 부탁을 하던가?

다르다니우스 죽여 달라 했소. 보세요, 브루투스가
깊은 생각에 잠겨 있소.

클리투스 이제 저 훌륭한 술잔에 슬픔이 가득해
눈에서마저 흘러넘치는구려.

브루투스 자, 볼룸니우스, 이리 와서 한 마디만 들어보게나.

볼룸니우스 무슨 일이시오, 장군?

브루투스 자, 들어보게나.
시저의 유령이 밤에 두 번이나 나에게
나타났다네. 한번은 사르디스에서고 또 한 번은
바로 지난밤 이곳 필립파이 전투장에서지.
내 명이 다한 것 같네.

볼룸니우스 그렇지 않습니다.

브루투스 아니오. 확실한 것 같소.
그대는 사태가 어떻게 돌아가는지를 알고 있지 않소.
적들이 우리를 무덤으로까지 내몰았소.

(낮은 나팔소리)

적들이 우리를 밀어 넣기를 기다리기 보다는
우리가 스스로 뛰어드는 편이 더 낫겠소.

볼룸니우스여, 자네와 나는 학교 동급생이었으니
그 옛정을 생각해서라도 내가 뛰어드는 동안
내 칼자루를 쥐고 있어주게, 부탁이네.

볼룸니우스 장군, 그것은 친구가 할 일이 못되오.

(여전히 나팔소리)

클리투스 장군님, 달아나시오. 이곳에 머뭇거릴 시간이 없습니다.

브루투스 다들 잘 가게. 볼룸니우스 자네도.
스트라토, 너는 이 와중에 계속 자고 있구나.
잘 있어라, 스트라토. 동포들이여,
내 평생 동안 다들 내게 진실한 사람들뿐이어서
내 마음이 흡족하다오. 옥타비우스와
마크 안토니가 이 부정한 승리로 얻게 될
영광보다 더한 영광을 오늘 내가 패배함으로써
누리게 될 것이오. 그러니 다들 잘 있으오.
제 브루투스의 혀는 자신의 일대기를 거의
끝냈소이다. 내 눈에는 밤이 내려앉았고,
이 순간을 얻기 위해 분투했던
나의 뼈들은 이제 쉬고 싶어 하는구려.

(나팔소리. 무대 안쪽에서 "도망가라, 도망가라, 도망가라!"는 외침소리)

클리투스 장군님, 피하세요, 피해요!

브루투스 먼저들 피해라! 나도 곧 따라가마.

(클리투스, 다르다니우스, 볼룸니우스 퇴장)

스트라토야, 부탁인데 너는 주인 곁에 남아라.
너는 평판이 좋은 녀석이니 어느 정도는
명예를 존중하겠지. 그렇다면 내 칼을 붙들고,
그 칼끝에 내 몸을 던지는 동안 보지 말고
얼굴을 돌려라. 그렇게 해주겠느냐?

스트라토 먼저 악수를 하시죠. 안녕히 가십시오, 주인님.

브루투스 잘 있어라, 스트라토.

(자신의 칼에 몸을 던진다)

시저여, 이제 편안히 잠드시오.
진정 마음이 내켜서 그대를 살해했던 것은 아니오.

(죽는다)

나팔소리. 퇴각. 안토니, 옥타비우스,
메살라, 투실리우스, 군인들 등장

옥타비우스 저자가 누구인가?

메살라 내 장군의 하인이오. 스트라토, 너의 주인은 어디 계시냐?

스트라토 메살라, 그대가 처한 그 속박에서 벗어나 있습니다.
정복자들이 할 수 있는 일이라곤 그의 시체를 화장하는
것뿐입니다. 브루투스 자신만이 스스로를 이길 수

있으니 다른 누구도 그를 살해하는 영광을 누릴 수 없죠.

루실리우스 브루투스는 바로 그런 인물이지요. 브루투스여,
이 루실리우스의 말을 사실로 증명해 주어서 고맙소.

옥타비우스 브루투스를 섬겼던 자들을 모두 받아주겠소.
여봐라, 나의 시종이 되어주겠느냐?

스트라토 메살라 경이 저를 추천해 주신다면 그렇게 하겠습니다.

옥타비우스 그렇게 해주시오, 메살라.

메살라 스트라토여, 주인이 어떻게 돌아가셨느냐?

스트라토 제가 칼을 붙들고 있는 동안 칼로 돌진하셨습니다.

메살라 옥타비우스여, 그렇다면 내 장군에게
마지막 봉사를 한 이자를 종자로 삼으시지요.

안토니 브루투스는 로마인들 중에서 가장 고결한 인물이었소.
그를 제외한 모든 음모자들은 위대한 시저를
시기해서 살인에 가담한 자들이오.
오직 브루투스만이 로마 시민들의 복지와
사심 없는 명예심에서 음모에 가담했소.
그의 일생은 고결했고, 자연의 사원소가 그의 몸에
고른 균형을 이뤄 창조자 자연마저 벌떡 일어나
"이자가 진정한 인간이다!"라고 말했을 정도였소.

옥타비우스 모든 장례의 예와 존경을 갖춰
그의 고결한 값에 어울리게 대우합시다.

군인으로서의 온갖 예우를 갖춰 오늘 저녁은
그의 유해를 내 막사에 안치합시다.
자, 전투를 그치라는 신호를 보내고, 오늘 같이
행복한 날의 영광을 다 같이 나누러 갑시다.

(모두 퇴장)

작품해설

『줄리어스 시저』와 로마 공화정의 위기

1

윌리엄 셰익스피어(1564-1616)의 비극 『줄리어스 시저』(1599년 경 작품)는 로마 공화정의 위기와 몰락을 다룬 정치비극이다. 셰익스피어 사후 1623년 그의 동료 배우였던 존 헤밍(John Heminge)과 헨리 콘델(Henry Condell)에 의해서 편찬된 제 1 양절판본(Folio)의 전체 목록에는 『줄리어스 시저』가 비극으로 분류되어 있지만 작품의 속표시에는 『줄리어스 시저의 삶과 죽음』이라고 되어 있어 이 작품을 당시에는 역사극으로도 분류했음을 알 수 있다. 실제로 작품의 표제인물인 줄리어스 시저는 3막 1장에서 살해되어 작품에서 사라지기 때문에 시저를 이 작품의 주인공이라고 보기는 어렵다. 물론 그의 유령이 작품의 마지막까지 지배적인 힘으로 작용하고 있으니 그를 작품의 주인공, 즉 비극의 중심인물로 간주하는 경향이 있는 것도 사실이지만, 추상적인 시저의 정신, 혹은 시저주의를 셰익스피어가 이 작품의 중심축으로 삼았다고 보기는 어렵다. 이러한 견해는 구체적인 인물을 통해서 구현되는 극적 갈등을 재현하고 있는 극작품을 추상적이고 우의적인 서사시처럼 해석하는 위험을 안고 있다.

『줄리어스 시저』는 셰익스피어의 역사극과 그의 4대 비극을 연결해주는 다리 역할을 하는 역사극과 비극의 특색을 모두 지니고 있는 작품이다. 1580년대 중후반에서 1590년대 마지막까지 걸쳐 셰익스피어는 100여 년간 지속된 영국의 내란을 지칭하는 장미전쟁(1399년 리처드 2세가 자신의 사촌인 헨리 볼링부르크에 의해 폐위되었다가 볼링부르크의 사주를 받은 엑시터(Exeter)에 의해 킬링워스(Killingworth) 성에서 살해되는 사건에서 시작해 1485년 헨리 리치몬드 경이 영국의 중북부 보스워스(Bosworth) 전장에서 리처드 3세를 격파하고 헨리 튜더 왕조를 성립할 때까지)을 영국 역사극에 담았다. 역사극은 『존 왕』에서 시작해서 붉은 장미를 가문의 문장으로 채택한 랭카스터 가문을 중심으로 한 소위 랭카스터 4부작(『리처드 2세』, 『헨리 4세』 1·2부, 『헨리 5세』)과 흰 장미를 문장으로 삼는 요크 가문을 중심으로 한 요크 4부작(『헨리 6세』 3부작과 『리처드 3세』), 그리고 『헨리 8세』를 끝으로 하는 총 10편으로 이루어져 있는데, 이들은 연속극적인 구성과 내용을 갖고 있는 일종의 서사극이다. 물론 엄격히 말해서 『존 왕』과 『헨리 8세』는 장미전쟁을 다루고 있지는 않지만 왕권의 정통성 시비를 다루고 있는 그의 다른 역사극들과 마찬가지로 영국 역사의 특정한 위기의 순간을 다루고 있는 역사극이다. 셰익스피어는 그의 역사극에서 특정한 인물을 중심으로 왕권신수설과 새로운 마키아벨리적인 현실 정치관의 대립과 같은 역사의 추동

세력의 갈등을 구체적으로 다루고 있는데, 『줄리어스 시저』 역시 예외가 아니다. 셰익스피어가 역사적 사건을 역사의식의 대립과 갈등이라는 큰 틀에서 파악한 것은 동일한 역사적 사건을 극화하면서도 개인적인 욕망과 이해관계의 대립으로 좁혀서 그린 동시대 작가 크리스토퍼 말로우(Christopher Marlowe, 1564-1593)와 크게 다른 점이다.

『줄리어스 시저』는 일반적으로 이상적인 지도자 상을 그리고 있다고 평가받고 있는 『헨리 5세』와 같은 시기의 작품이다. 그런 만큼 전자는 비극의 특성과 더불어 역사극의 특징을 현저하게 보여준다. 시저의 아내 캘퍼니아가 불길한 꿈 얘기를 하며 남편의 원로원 출두를 막으려한다든지 브루투스의 아내 포셔가 남편의 음모를 알고서 불안해하며 불타는 석탄을 입에 넣고 자살하는 묘사 등은 셰익스피어가 역사극에서 상대적으로 소외된 여성의 역할을 통해 역사적 사건의 흐름을 관객들에게 객관적으로 제시하거나 미리 알려주는 중요한 극적 기능의 연장선상에서 이루어진 것이다. 우리들은 『줄리어스 시저』를 역사극의 관점에서 로마 공화정의 위기와 절대왕권의 대두라는 역사적 힘의 대립으로 파악할 때 이 작품이 갖고 있는 비극으로서의 한계를 보다 더 잘 이해할 수 있을 것이다.

이 작품에서 3막 1장에서 시저가 살해되기 직전까지 작품의 중심이 시저에 있었다면, 그 후부터는 브루투스로 무게 중심이 옮겨간다. 이것은 작품상에서 관객이나 독자의 공감의 추이와 밀접하게 관련을 맺고 있다. 실제로 엘리자베스 1세 여왕 치세하의 영국 관객들에게 로마제국은 가족적인 친밀감을 지니고 있다. 영국인들은 로마를 건설한 트로이 왕자 이니어스(Aeneas)의 증손자 브루투스가 자신들의 건국시조라고 생각했고, 따라서 고대 영국을 가리키는 브리튼이라는 이름 역시 자신들의 조상인 브루투스의 땅이라는 의미에서 비롯했다고 전설적으로 믿고 있었다. 셰익스피어 당대 영국인들은 자신들의 나라와 왕성했던 제국시대 로마를 동일시하려는 경향이 강했기 때문에 런던을 "새로운 트로이"라고 부를 정도였다. 이러한 동일화의 저변에는 강력한 군사력과 절대군주의 힘을 바탕으로 세계를 지배하려는 엘리자베스 여왕 시대 영국인들의 민족적 자부심과 야망이 자리하고 있다. 일반적으로 셰익스피어 시대의 영어에서 '시저주의'(Caesarism)란 강력한 절대군주와 동의어로 사용되었다. 셰익스피어의 영국 역사극의 한 정점을 이루고 있는 헨리 5세의 경우 영국의 영토 확장을 위해서 프랑스와의 전쟁에 거의 모든 일생을 바치다 젊은 나이에 이국에서 병사한 왕인데, 그 역시 국가적 영웅이자 시저의 화신으로 간주되고 있다. 그러나 문제는 이러한 절대군주제가 개인의 자유와 재산권 보호를 위해서는 일정부분 마찰을 피할 수 없다는 것이다. 이점에서 셰익스피어 시대는 절대군주제를 선호하고 강력한 군주의 지배에 의한 강력한 국가의 유지를 선호하는 반면에 내용적인 면에서의 공화제를 주장하는 세력들도 만만치 않게 강하게 존재했음을 이해할 수 있다.

영국 역사에서 절대군주제와 입헌군주제의 형식을 빌린 실질적인 공화제의 갈등은 1642년부터 1660년까지 지속된 올리버 크롬웰(Oliver

Cromwell, 1599-1658)의 공화정을 통해서 구체화된다. 영국 역사에서 왕정이 단절된 기간(Interregnum)으로 불리는 20년은 비록 단명하기는 했지만 셰익스피어 시대에 이미 움트고 있던 공화제에 대한 민중들과 부르주아 계급의 염원이 혁명이라는 폭력의 형태로 발현되어 일종의 체제 실험을 거친 기간이다. 『줄리어스 시저』는 시저로 상징되는 절대군주제와 브루투스로 상징되는 공화제의 정치적 갈등을 다룬 정치비극이자 로마의 특정한 역사적 상황을 극화한 역사극이기도 하다. 이 작품이 역사극이라는 의미는 이 작품 자체로 완결성을 가지면서도 동시에 역사적으로 열려 있는 일종의 연속극의 일부라는 의미를 함축하고 있다. 따라서 이 작품을 온전하게 이해하기 위해서는 로마 공화정의 성립과 그 위기를 역사적으로 일별해 볼 필요가 있다.

2

『줄리어스 시저』에는 처음부터 공화정을 도입한 조상들에 대한 언급, 특히 브루투스의 조상에 대한 얘기가 많이 나온다. 그만큼 로마의 백성들에게 공화정에 대한 자부와 신뢰가 강하다는 증거다. 셰익스피어는 로마 공화정의 성립과정을 『루크리스의 강간』(1594)이라는 설화시에서 생생하게 묘사하고 있다. 타르퀴니우스에게 강간을 당해 몸을 더럽힌 루크리스가 가문과 자신의 명예를 지키기 위해 자결함으로써 사적인 몸에서 공적인 정치적인 몸으로 변화되는 과정에서, 다시 말해서 개인의 몸에 가해진 성적이고 정치적인 폭력을 기반으로 하여 로마의 공화정이 수립되는 것이다. 아르데아(Ardea) 정벌 전쟁 중 어느 날 저녁 로마 왕의 아들인 섹스투스 타르퀴니우스(Sextus Tarquinius)의 진중 막사에 모인 로마의 장수들은 서로 자신의 부인이 정숙하다고 내기를 한다. 이 내기는 낮 동안의 전쟁의 연장이다. 여기서 로마의 귀족 콜라티누스(Collatinus)는 자신의 아내 루크리스가 가장 정숙하다고 자랑을 늘어놓는다. 다른 사람의 부인들은 한결같이 무도와 주홍을 즐기고 있었지만 루크리스만이 밤이 늦도록 길쌈을 하고 있었다. 콜라티누스가 사랑 놀음에서 승리한 것이다. 다시 말해서 귀족이기는 하지만 콜라티누스가 왕족들을 누르고 가장 값비싼 미덕을 소유하고 있는 것이다.

루크리스의 정조가 타르퀴니우스의 욕망을 자극한다. 일반적으로 셰익스피어에 있어서 귀로 전해들은 사랑은 파국을 초래하는데 이 경우도 예외는 아니다. 타르퀴니우스의 욕망은 자신이 지니지 못한 것을 다른 사람이 소유하고 있다는 박탈감, 즉 질투심에서 비롯한 것이다. 이 질투심이 정치적인 집단의식으로 왜곡 발전할 때 제국주의의 일환인 식민지 확장으로 나아간다. 콜라티누스의 어리석음으로 자신만의 보물을 공표함으로써 그는 집안에 도둑을 불러들인 셈이다.

> 아마도 루크리스가 더할 나위 없는 여인이라는 그의 자랑이
> 왕의 이 오만한 자식을 유혹했을 것이다.
> 우리의 귀로 인해서 우리들의 마음은 종종 더러워지기 때문이다.

아마도 비길 데 없는 그 풍요로운 것에 대한 질투심이
경멸에 차서 그의 분기충천한 생각을 자극했을 것이다.
상전들도 갖지 못한 귀중한 재화를
자신보다 미천한 사람들이 자랑삼아 떠벌리다니 라고. (36-42행)

정조라는 재화가 일단 공표된 이상 이것은 더 이상 안전한 소유물로 남아있을 수 없다. 그러나 공표를 통해서 여성의 몸은 "말없이 계속 응시하는 눈길들"(84)의 대상이 된다. 응시하는 눈길을 통해서 여성의 몸은 남성들의 욕망의 투영물로 존재한다. 남성들의 응시와 욕망의 대상인 여성의 몸은 낯선 것, 타자로 인식되는 지배와 식민의 땅이며, 욕망의 충족에 수반되는 폭력의 대상이다. 로마의 식민지 정복전쟁이 내부의 폭력으로 향하게 될 때 여성은 또 다른 정복지 이상의 것이 아니다.

그녀의 젖가슴은 상아로 만든 공처럼 푸른 선을 둘렀다.
정복당하지 않은 한 쌍의 처녀지처럼. 주인의 것을
제외하고는 어떠한 억누르는 속박도 그들을 알지 못했다.
맹세대로 그들은 그 주인을 충실하게 섬겼다.
이들 세계는 타르퀴니우스에서 새로운 야심을 잉태시켰다.
그는 사악한 찬탈자처럼 다가갔다.
아름다운 옥좌에서 주인을 쫓아내기 위해서. (407-413)

여성의 몸은 각 부분이 일종의 재화요 정복을 기다리는 미개척지이다. 이 재화를 자신만의 절대소유로 만들려는 욕망과 탐욕이 바로 절대 군주제와 맞닿아 있다. 군주제란 문자 그대로 혼자만의 지배와 소유를 의미한다. 루크리스는 자신의 더렵혀진 몸과 치욕을 공적인 것으로 돌림으로써 로마에 공화제를 도입하도록 해주는 촉매가 된다. 그녀에게 진실로 유익한 치유책은 그녀의 더렵혀진 피를 쏟아 내는 것이다.

> 그래서 치욕의 재에서 나의 명성이 태어날 것이다.
> 내가 죽음으로써 나는 치욕스런 경멸을 살해해버린다. 나의 치욕이
> 이렇게 죽게 되면 나의 명예는 새롭게 태어날 것이다. (1188-1190)

루크리스의 더렵혀진 피로 상징되는 로마의 도덕적 무질서를 바로잡는 과업은 이제 루시우스 주니우스 브루투스(Lucius Junius Brutus)의 몫이다. 그는 지금껏 폭군 루시우스 타르퀴니우스(Lucius Tarquinius)의 폭정과 죽음의 위협 때문에 바보 같은 말을 하며 얼간이 행세를 해왔다. 그러나 그는 루크리스의 죽음을 통하여 새롭게 행동하는 인간으로 태어난다. 루크리스가 젖가슴에 스스로 꽂았던 칼을 뽑아들고 브루투스는 타르퀴니우스 가문을 로마에서 추방함으로써 기원전 509년에 로마에 공화정을 수립하는 주인공이 된다. 바로 이 브루투스가 시저를 살해한 브루투스의 먼 조상이다. 따라서 브루투스에게 공화정과 시민의 자유를 지키는 일은 동시에 가문의 전통과 명예를 지키는 일이기도 하다.

로마 공화정의 위기는 비록 『줄리어스 시저』보다 후기 작품이기는 하지만 여전히 『코리오레이누스』의 주된 관심사 중의 하나이다. 『안토니와 클레오파트라』와 같은 1607년경의 작품인 『코리오레이누스』에서 주인공 코리오레이누스(Coriolanus)는 추방당했던 폭군 타르퀴니우스가 다시 군대를 모아 로마를 침략해 들어왔을 때 처녀 출전하여 전공을 세운 인물이다. 그의 나이 열세 살 때 일이다. 로마와 접경하고 있는 볼사이 족들의 코리올리 성을 혼자 점령하여 코리오레이누스란 명예로운 이름을 얻은 그는 기근으로 아사상태에 빠진 로마 백성들에게 비축식량을 무상 배급하는 것을 반대하여 인민의 적이 된다. 피 흘린 대가로 피정복지에서 전리품으로 가져온 식량과 재화를 무위도식하는 밥벌레 같은 인민들에게 나눠주는 것을 그는 반대한다. 뿐만 아니라 원로원 의원이 되기 위해서 자신의 전공을 자랑하며 광장에서 전쟁에서 생긴 수많은 상처자국을 인민들에게 보여주며 원로원 의원이 되기 위한 추천 표를 구걸하는 것을 그는 명예를 파는 치욕스런 행동으로 거부한다. 호민관들의 사주를 받은 인민들은 이런 코리오레이누스를 사신들의 자유를 억압할 잠재적인 위협으로 간주하여 국외로 추방해버린다.

한때 자신의 적이었던 볼사이 군의 장군 툴리우스 오피디우스(Tullius Aufidius)와 연합하여 자신을 추방한 조국 로마를 침략할 계획을 세운 코리오레이누스는 로마 정복을 눈앞에 둔 시점에서 어머니 볼륨니아(Volumnia)의 눈물 섞인 간청에 굴복하여 회군하고 만다. 자신을 먼저 죽이고 그 시체를 밟고 로마로 진격하라는 어머니의 호소에 그는 지고 만다. 이로 인해서 그는 오피디우스 일파에게 배신자로 살해당한다. 베토벤의 "코리오란 서곡"으로도 잘 알려진 코리오레이누스의 비극은 어머니의 손에서 명예의 추구라는 젖만을 먹고 자라난 외골수 군인의 비극이지만 사실은 인민의 자유를 억압하는 귀족세력과 평등과 자유를 추구하는 호민관을 비롯한 인민들의 갈등을 다루고 있다. 코리오레이누스가 추방당한 후 호민관들은 오히려 로마에 평화가 찾아왔다고 즐거워한다. 사실 로마의 서사시인 루칸(Lucan)이 로마의 내란을 다룬 그의 서사시 『파살리아』에서 시저를 전쟁기계나 전쟁 사냥개로 비난하듯이 코리오레이누스 역시 일종의 전쟁기계이기 때문에 그가 정작 자신의 역할과 위치를 찾는 곳은 전장이다. 동독의 극작가 베르톨트 브레히트는 셰익스피어의 이 작품을 각색하면서 이점을 특히 부각시킨다.

분배의 평등을 주장하는 인민들에게 육체적 생존 이전에 명예와 같은 도덕적 가치를 우선시하며 타협을 거부하는 코리오레이누스는 "인민의 최대의 적"이자 잠재적인 시저의 분신이다. 이 작품에서 루크리스가 자살할 때 사용했던 칼을 빼들고 공화정 수립에 앞장섰던 주니우스 브루투스는 호민관으로 역시 인민의 자유 수호를 기치로 내걸고 코리오레이누스 추방에 앞장선다. 물론 셰익스피어가 호민관들의 행동을 긍정적으로만 그리고 있는 것은 아니지만 일체의 타협을 거부하며 자신만이 도덕적으로 우월하고 정당하다고 확신하고 이 확신에 따라서 행동하는 코리오레니누스는 분명히 로마 공화정을 파괴할 수 있는 잠재적인 위협이자 줄리어스 시저의 작은 분신으로 인민들에게 인식되고 있다. 『코리오레이누스』와 『줄리어스 시저』는 공화정의 위기라는 정치적 주제 면에서 뿐만 아니라 극적 구성에 있어서도 서로 가족적 유사성을 보이는 작품들이다. 두 작품 모두 극의 도입부에 로마의 시민들을 등장시켜 플롯의 전개에 필요한 갈등의 단초를 제공하는 극작법을 구사하고 있어 이들 두 작품을 셰익스피어가 일종의 쌍생아처럼 생각했음을 짐작할 수 있게 해준다. 셰익스피어에게 로마 공화정의 성립과 위기, 그 몰락과 절대군주제의 수립은 지속적인 관심사였으며 이를 그는 로마의 역사를 배경으로 한 일련의 로마 사극에서 연속적으로 극화하고 있다. 이것은 동시에 로마와 같은 강력한 제국을 꿈꾸던 그와 동시대 영국인들의 관심사이기도 했다.

3

『줄리어스 시저』는 4년에 걸친 역사적 사건들을 6일 동안의 극적 사건으로 압축해서 보여준다. 로마의 내란은 기원전 49년 1월 갈리아 지방에 주둔하고 있던 시저가 루비콘 강을 건너 이탈리아로 진격하면서 시작된다. 로마를 시저에게 내주고 후퇴했던 폼페이는 48년 8월 9일 파살루스(Pharsalus) 전투에서 시저에게 패배해서 이집트로 도망가지만 그곳에서 9월 29일 살해당한다. 3일 후에 이집트에 도착한 시저는 프톨레미 13세 왕과 어려운 전투를 치루지만 결국 승리하고 47년 봄에 클레오파트라를 이집트의 새 여왕으로 등극시킨다. 그해 여름 이탈리아로 돌아온 시저는 이번에는 소아시아의 젤라(Zela)에서 파나케스(Pharnaces) 왕을 정복하고 "왔노라, 보았노라, 이겼노라"(veni, vidi, vici)라는 명구를 남긴다. 그러는 동안 폼페이의 장인 스키피오의 지휘아래 폼페이의 세력들이 아프리카에서 대거 집결하고 있었다. 시저는 47년 12월에 아프리카로 건너갔고 4개월여의 피비린내 나는 전투 끝에 이들을 제압한다. 이 패배 직후 검열관 카토는 우티카(Utica) 근처에서 스스로 목숨을 끊는다. 아프리카에서의 대승으로 시저는 46년 봄에 10년 임기의 독재관(dictator)으로 선출되어 화려한 개선의식과 함께 로마로 귀환한다. 그러나 그는 다시 46년이 다 가기도 전에 폼페이의 아들들이 스페인에서 군대를 일으키자 그곳으로 출정한다. 45년 3월 17일 스페인의 문다(Munda)에서 이들을 쉽게 격파한 시저는 다시 로마로 개선한다.

셰익스피어의 작품은 역사적으로 시저의 스페인에서 승리를 기념하는 개선축하식이 열리는 그해 10월 바로 그 시점에서 시작한다. 셰익스피어는 45년 시저의 개선에서 44년 3월 15일 그의 암살에 이르는 일 년여의 시간을 거의 이틀 동안의 일로 압축해서 처리하고 있다. 시저의 죽음에서 42년 필립파이 전투에 이르는 3년의 시간 역시 마찬가지로 며칠 동안의 일로 연속적으로 처리되고 있다. 셰익스피어는 여기에 그치지 않고 뒤 이어 『안토니와 클레오파트라』에서 31년 악티움 해전에서 안토니가 옥타비우스 시저에게 패배함으로써 로마의 제국시대가 열리게 되는 과정을 연속해서 극화함으로써 그가 일련의 로마 사극들을 앞선 영국 역사극과 마찬가지로 일종의 장대한 서사시로 다루고 있음을 알 수 있다.

5막 18장으로 구성된 이 작품은 시저의 개선을 축하하기 위해 거리로 나온 시민들과 이들을 비난하는 호민관들의 불편한 대면으로 시작된다. 종신이나 나름없는 10년 동안의 독재관으로 임명된 시저의 개선을 축하하는 시민들을 호민관들은 줏대 없는 군중으로 비난한다. 플라비우스(Flavius)와 마룰루스(Marullus) 같은 호민관들의 눈에 조금 전까지만 해도 자신들의 영웅으로 추앙하던 폼페이 세력을 궤멸시키고 개선하는 시저를 환영하는 군중들은 머리가 여럿 달린 괴물 히드라처럼 종잡을 수 없이 변덕스러운 경멸의 대상이다. 일과시간을 버리고 거리로 나온 목수와 구두장이는 볼거리를 위해서 직업을 팽개친 인물들이라고 호민관들은 비난하는데, 이러한 비난 뒤에는 셰익스피어 당대 청교도들의 직업관과 노동을 신성시하는 의식이 숨어있다.

호민관들의 입을 통하여 셰익스피어는 공화제를 선호하는 인물들이 개인의 자유를 주장하는 계급들이며 시민의 세력을 기반으로 한 반왕당파 청교도들과 맞물려 있음을 시사한다. 더군다나 호민관들은 시저의 개선을 축하하기 위해서 로마 시내의 동상들에 걸어놓은 깃발과 장식물들을 모두 철거하며 이로 인해서 나중에 직위가 해제되는데, 이 또한 우상파괴를 주장하는 영국의 청교도들의 사고와 행동을 반영한 것이다. 셰익스피어는 공화정에 대한 지지라는 관점에서 로마의 호민관들과 자신의 당대 영국 청교도들을 동일한 선상에 위치시킨다. 호민관들이 두려워하는 것은 폼페이 가문의 피를 흘리고 개선하는 시저가 너무 높게 날게 되면 자신들을 한결같이 끔찍한 속박에 가두게 될 것이라는 사실이다. 셰익스피어는 1막 1장의 도입부에서 시저에 대한 호민관들의 반응을 통해서 현실적으로 절대군주나 다름없는 시저에 대한 시민들의 반응을 조율하고 있다.

왼쪽 귀가 멀었고 겨울 타이버 강에서 카시우스와 수영시합에서 거의 익사할 뻔 했으며, 간질병이 있어 가끔 발작을 일으키며 아내와의 사이에 자식이 없는 등 많은 육체적인 결함에도 불구하고 카시우스의 눈에 이제 시저는 신과 다름없는 존재가 되었다. 시저에 대한 증오와 질투에 있어서 카시우스는 앞서의 호민관들과 동류이다. 시저가 절대의 인간이 되었음은 그를 추종하는 안토니의 입을 통해서도 확인된다. 루퍼칼리아 축제일에 자신의 아내 캘퍼니아의 몸에 손을 대어 그녀의 불임을 앗아가게 해달라고 시저가 말하자 안토니는 "시저가 이렇게 하라고 명령하면 바로 실행에 옮겨집니다"(1.2.10)라고 대답하여 시저를 신의 위치에 올려놓는다.

셰익스피어는 로마를 혼자서 독차지하고 있는 거상 콜로수스(Colossus) 같은 시저의 위대함을 그가 살해되기 전날의 자연계의 이변들을 통하여 제시한다. 인간이라는 소우주와 자연계인 대우주가 서로 상응하는 질서 관계에 있다는 고전적인 신념체계를 바탕으로 셰익스피어는 영웅의 죽음이 바로 자연계의 혼란으로 이어짐을 보여준다. 사자가 로마의 길거리에 나타나 어슬렁거리고, 암사자가 길거리에서 새끼를 낳고, 올빼미가 대낮에 시장에 내려앉아 울고, 무덤이 열리고 귀신들이 나와서 거리를 활보하고 다니는 등의 이변은 곧 다가올 영웅의 죽음을 암시하는 신호들이다. 캘퍼니아의 말처럼 "거지가 죽을 때는 유성이 떨어지지 않지만, 군주의 죽음은 하늘의 불빛들이 알리는 법이다"(2.2.30-31). 흥미롭게도 캘퍼니아 역시 자신의 남편인 시저를 이미 절대군주에 비견하고 있다. 시저는 이미 개인을 넘어 시저의 정신으로 표상되는 군주제로의 귀환을 의미하며, 브루투스 일파는 이러한 역사적 회귀를 반대하는 세력들이다. 그러나 아이러니하게도 시저 암살은 로마 역사의 무대에 아우구스투스 시저의 등극을 앞당기는 결과를 초래한다.

시저 자신이 스스로를 신적인 존재로 과신하고 있음은 꿈속에서 흉조를 본 아내 캘퍼니아가 그의 원로원 출석을 만류하는 과정에서 잘 드러나 있다. 아내의 만류에도 불구하고 시저는 비겁한 사람은 정작 죽기 전에 여러 번에 걸쳐서 죽음을 겪지만 용자는 단 한번 죽을 뿐이라고 반박하며, 죽음이란 필연적인 것으로 때가 되면 오게 마련인데 이것을 두려워한다는 것은 이해할 수 없는 노릇이라고 견인주의적인 태도를 보인다. 죽음에 대한 시저의 이러한 태도는 햄릿의 대사를 통해서 그대로 반복된다. 그러나 시저는 여기에 그치지 않고 "위험이란 놈은 자신보다 시저가 더 위험하다는 사실을 잘 알고 있다"(2.2.44-45)고 자신을 절대의 힘으로 관념화한다. 시저는 줄곧 자신을 3인칭으로 객관화하는데 이러한 그의 어법은 은연중에 자신을 절대화하려는 그의 숨은 욕망을 드러내는 언어적 장치이다. 자신의 주체를 객체화함으로써 시저는 현실의 사적인 자아와 절대의 힘으로 객관화한 자아 사이에 메꿀 수 없는 거리감을 드러내며 정치적 욕망 안에서 그가 자기 소외를 겪고 있는 인물임을 알 수 있다. 시저는 자신을 변함없는 북극성에 비유하는데 북극성이 지상의 존재가 아닌 것처럼 시저는 오직 죽음으로써만 이러한 이상을 달성할 수 있다.

시저는 사람들이 많이 모이는 시장이나 광장에서 자주 호흡곤란을 일으키다 쓰러지는데, 이러한 현상은 자궁에서부터 올라오는 기운이 가슴을 메워 갑갑증을 유발한다고 간주된 여인들의 질병과 마찬가지로 무엇인가에 대한 현실적인 불만의 소산이다. "당신의 과신이 당신의 지혜를 소진시켜버렸다"(2.2.49)는 캘퍼니아의 탄식에도 불구하고 시저는 "신들이 의도한 목적을 누가 피해갈 수 있단 말이오?"(2.2.27-28)라고 반문하며 "시저는 나아갈 것이오"라고 자신의 의지를 꺾지 않는다. "시저는 나아갈 것이오"라는 이 대사는 셰익스피어가 크리스토퍼 말로우의 『파리의 대학살』에서 기스(Guise) 공작의 오만한 대사를 그대로 차용한 것이다. 기스처럼 시저 역시 자신의 욕망과 의지를 당위로 절대화하려는 곳에서 파국을 경험한다. 그러나 문제는 자신의 의지와 욕망을 절대화하려는 욕망은 인간이면 누구나 갖고 있다는 점에서 시저는 우리들 자신의 모습이라는 것이다. 브루투스를 비롯한 공화주의 암살자들 역시 이러한 범주에서 예외가 아니다. 하늘에 빛을 발하는 별들이 많지만 한결같이 자신의 자리를 지키는 별은 단 하나이듯이 세상 많은 사람들이 피와 살을 지니고 감각을 통해 지각하고 있지만 요지부동으로 꿈쩍 않고 자신의 자리를 지키고 있는 자는 단 한 사람뿐인데 그 사람이 바로 자신이라고 시저는 주장한다. 이런 독점적인 세력에 대항하여 공적인 것(res publica)을 내세우는 인물이 바로 브루투스이다.

3막 1장에서 "브루투스 너 마저?"를 외치며 원로원 광장에서 시저가 쓰러지기까지 작품을 지배하는 것은 시저이다. 그러나 작품의 후반부는 브루투스를 중심으로 전개된다. 물론 작품의 후반부에서 브루투스는 하강곡선을 그리고 있지만 관객의 동정과 관심은 그에게 모아져 있음은 부인할 수 없는 사실이다. 이처럼 두 명의 중심인물이 작품을 반분하고 있다는 점에서 작품의 제목은 문제가 있으며, 관객의 관심이 단일한 중심인물의 궤적을 따라가게 만드는 셰익스피어의 주요 비극과 달리 『줄리어스 시저』는 관객의 정치적 성향이 작품의 해석에 강한 영향을 미치고 있으며, 주요 비극과 일정한 거리를 유지하게 만드는 작품이다.

로마의 원로원이 시저에게 왕관을 수여하는 지금 같은 어려운 조건 밑에서 브루투스는 공화정이 이제까지 보장해준 자유가 억압당하는 위기를 실감한다. 손위 처남인 카시우스의 설득 이전에 이미 그는 마음의 갈등 때문에 잠 못 이루며 괴로워하고 있다. "보편적인 선"을 위해서라면 브루투스는 죽음을 무릅쓰고 명예를 추구하겠다고 말한다. "옛날에 로마에 왕이 군림하게 하기보다는 차라리 영원한 악마가 로마에 왕좌를 갖는 것을 용인했을 브루투스라는 사람이 있었다"((1.2.159-161)는 카시우스의 말처럼 조상의 후손답게 마커스 브루투스는 시저를 독사의 알에 비유하며, 알이 부화하여 더 많은 해악을 가져오기 전에 그것을 제거하는 것이 보편적인 선에 봉사하는 것이라며 자신의 살인계획을 정당화한다.

브루투스는 가정을 늘 현실에 대입시키는 이상주의자들의 일반적인 경향을 강하게 보이는데, 비록 지금껏 시저가 감정에 지배되어 이성을 저버리는 것을 본 적이 없지만, 겸손이란 젊은 야망의 사다리이기 때문에, 일단 사다리를 타고 맨 위에 올라간 그는 구름만을 바라보며 자신이 타고 올라온 아래 사다리를 경멸할 것이기 때문에 민중의 자유를 위해서 그는 자유의 제단에 바쳐질 희생제물이 되어야 한다고 가정과 현실을 뒤섞어버린다. 이러한 혼돈이 브루투스로 하여금 냉철하게 현실을 파악할 수 없게 만든다. 시저가 살해되는 순간 브루투스는 "야망의 빚이 청산되었다"(3.1.84)고 외치지만 자신 또한 여전히 "명예"라는 야망에 갇혀있는 상태이기 때문에 그의 판단은 섣부른 것이다. 브루투스가 시저의 피에 팔뚝까지 적시고 시저를 살해한 자신들의 칼에 피를 묻히고 그 피 묻은 붉은 칼을 머리위로 치켜 흔들며 "평화와 자유"를 외치며 광장으로 행진하자고 외칠 때, 그가 말한 도살자들의 모습과 이들이 어떻게 다른지 구분하기가 어렵다. 안토니의 말처럼 시저를 살해한 브루투스 일파는 아무리 자신들이 자유의 제사장들이라고 외쳐도 사냥꾼들이요, 도살자들에 불과하다.

시저를 살해한 직후 피에 광분한 카시우스와 브루투스의 대사를 통해서 셰익스피어는 이들의 혁명이 폭력의 축제임을 분명히 함으로써 살인의 폭력과 연극의 유희적 충동이 맞닿아 있음을 명확히 한다.

카시우스　고개를 숙이고 피로 손을 씻으시오.
아직 태어나지 않은 나라에서 알려지지 않은 언어로
앞으로 얼마나 오랫동안 우리의 이 고귀한 장면이

무대에 올려지게 될 것인지!

브루투스 이제 폼페이 동상의 발치에 한줌 먼지처럼 누워있는
시저가 얼마나 자주 여흥을 위해 피를 흘리게 될 것인가!

(3.1.112-117)

셰익스피어는 은연중에 정치와 연극을 동일선상에 올려놓고 있다. 앞서 코리오레이누스가 원로원 후보가 되지 못하고 인민의 주적으로 몰려 로마에서 추방당하는 것도 주어진 역할놀이에 충실하지 못했기 때문이었다. 정치란 일종의 연극놀음인데 엄격한 청교도와 같은 도덕적 기준을 자신에게 부과한 코리오레이누스는 반연극적 편견의 화신으로 연기하는 인간이 되는데 실패함으로써 비극을 맞이한다. 역할에 따라 가면을 바꿔 쓸 수 있는 능력이야말로 문자적인 의미 그대로 '인격'(persona, personality)이다. 코리오레이누스와 마찬가지로 브루투스 역시 주어진 현실에 맞는 연극놀이에 실패하는 인물이며, 그런 그가 자신들의 거사를 일종의 연극에 비유하는 것이야말로 아이러니의 극치이다. 브루투스의 말처럼 이 작품에 바로 이어진 『햄릿』에서 오필리아(Ophilia)의 아버지 폴로니우스(Polonius)는 자신이 대학시절에 연극을 했는데 그 역할이 시저였으며, 자신은 잔인한 브루투스에게 잔혹하게 살해당했다고 말한다. 셰익스피어 자신의 예언을 자신이 바로 실천에 옮긴 셈이다. 브루투스와 달리 안토니가 살아남아 브루투스를 이긴 힘은 다른 무엇보다도 그의 뛰어난 연기술 덕분이다.

브루투스의 결정적인 실수는 시저라는 머리가 잘려나가면 안토니라는 팔은 죽은 것이나 마찬가지라고 판단하여 그를 광장이라는 연극무대에 올려준 것이다. 발치에 쓰러져 있는 시저의 시체를 놓고 혼자 있게 된 안토니의 독백이 보여주듯이 "이제 나라 안의 분노와 극심한 내분이 이탈리아 전역을 휘감을 것이며, 유혈과 파괴가 너무나 다반사가 되고 끔찍한 광경들이 일상적인 것이 되어서, 어미는 자식이 전사의 손에 의해 능지처참을 당해도 단지 보고 웃을 뿐, 모든 연민은 일상적인 잔혹행위로 질식될 것이다. 옆구리에 눈먼 복수의 여신을 끼고 뜨거운 지옥에서 올라온 시저의 유령이 복수를 찾아 헤매다 로마 전역에 군주의 목소리로 "살육하라!"라고 외치며 전쟁의 사냥개들을 풀어놓아 이 더러운 살인이 묻어달라고 신음하는 인간 시신들과 더불어 지상에 악취를 풍기게 할 것이다"(3.1.265-277). 시저와 마찬가지로 자신에 대한 과신이 브루투스의 지혜를 태워버리고 역사를 자신이 의도했던 자유와 평화와는 전혀 다른 폭력과 광기로 몰고 간다. 브루투스 사후 안토니, 옥타비우스 시저, 레피두스로 이어지는 삼두정치는 시저의 빈자리를 차지하기 위한 작은 시저들의 권력투쟁이 가져온 내란의 연장이다.

작품의 전환점이 되는 3막 2장에서 브루투스는 자신이 시저를 덜 사랑했기 때문이 아니라 로마를 더 사랑했기 때문에 시저에 반기를 들었고, 또한 시저가 야심가였기 때문에 그를 살해했다고 말하자 세 번째 시민은 브루투스에게 시저가 되라고 외친다. 브루투스에 뒤이어 무대에 등장한 안토니는 짧고 단속적인 브루투스의 산문 언어와 달리 화려하고 장식적인 운문의 언어로 관중들을 사로잡는다. 그는 브루투스는 "명예로운 사람"이라는 사실을 계속 반복함으로써 이아고가 사용하는 "정직한"이란 말처럼 정반대의 의미를 관객들에게 심어주는데 성공한다.

안토니가 의도한 대로 "명예로운 사람들은" 이제 "배신자들, 악당들"이 되어 광기에 사로잡힌 군중들에게 쫓기는 신세가 된다. 광란의 군중들은 정치적인 자유나 이상에 앞서서 시저가 유언으로 현금과 부동산을 포함한 자신의 모든 재산을 전부 로마 시민들에게 나눠주라고 했다는 안토니의 말에 현혹되어 음모에 가담한 인물인 킨나(Cinna)와 단지 이름이 같다는 이유만으로 시인 킨나를 찢어죽이라고 외치며 거리로 끌고 간다. 앞서 카시우스는 로마인들의 사지는 조상들의 그것과 마찬가지로 멀쩡하지만 강인한 정신은 여자의 그것처럼 연약해졌다고 불평하는데, 물질적인 이해관계 앞에 표변하는 민중들이 로마 시민의 다수를 형성하고 있는 현실에서 시저 한 사람을 살해한다고 공화정의 이상이 바로 실현되는 것은 아니다. 자유가 억압당하는 어려운 현실 때문에 브루투스의 이상은 더욱 값있고 빛나는 것이지만, 그의 공화제 이상이 실현되기 위해서는 프랑스나 미국의 혁명처럼 계몽기를 거친 시민의식의 성장이 수반되어야 한다.

필립파이 전장에서 벌어진 브루투스와 카시우스의 설전(4막 3장)은 브루투스가 얼마나 공익을 앞세우며 타협을 거부하는 시저와 닮은 인물인지를 잘 보여준다. 카시우스는 "'시저'와 '브루투스'라. 도대체 그 '시저'라는 이름에 무엇이 있기에 브루투스라는 그대 이름보다 그 이름이 더

회자되어야 한단 말인가? 이들 두 이름을 함께 써놓으면 그대 이름도 역시 아름다운 이름이오"(1.2.142-144)라고 말하며 브루투스를 충동질하는데, 실제로 브루투스는 시저 암살에 가담하면서 점점 시저를 닮아간다. 원로원으로 올라갈 때 시저에게 점쟁이 아르테미도러스(Artemidorus)가 브루투스 일파를 조심하라는 편지를 건네자 시저는 "짐에 관한 것은 맨 나중에 보겠소"(3.1.8)라고 공익을 앞세우는데, 브루투스 역시 "나로서는 시저에게 공익을 제외하고는 개인적인 원한은 없다"(2.1.9-11)며 시저와 마찬가지로 정치적인 선을 앞세운다. 메테루스 심버(Metellus Cimber)와 카시우스가 시저를 가로 막고 길에 엎드리며 메테루스의 형제 푸블리우스 심버의 추방령을 취소해달라고 간청하자 시저는 "시저는 절대로 잘못을 행하지 않을뿐더러 이유 없이 마음을 고쳐먹지도 않을 것임을 알아두라"(3.1.48-49)고 자신의 도덕적 완벽성을 주장하며, 한번 입에서 뱉은 자신의 언어를 절대시하는 성향을 보인다. 결전을 앞두고 브루투스는 사르디스의 법무관(praetor)인 루시우스 펠라(Lucius Pella)를 뇌물수수죄로 징벌한다. 그러자 카시우스는 펠라의 죄를 눈 감아달라는 편지를 브루투스에게 보낸다. 이를 브루투스가 무시해버리자 카시우스와 브루투스 사이에 설전이 벌어진 것이다. 이러한 전시에 사소한 죄를 일일이 언급하고 징벌하는 것은 옳지 않다고 카시우스는 항변한다. 그러자 브루투스는 자신들의 명예를 저속한 뇌물을 받는 손으로 더럽힐 수 없다고 반박하며 "위대한 줄리어스가 정의를 위해서 피 흘리지 않았소?"라며 자신들의 거사가 정의와 명예를 위한 일이었기 때문에 여기서 한 치라도 벗어나는 일은 용납할 수 없다고 시저와 마찬가지로 자신의 이상과 언어를 절대화한다. 급기야 브루투스는 카시우스를 "하찮은 사람"(slight man. 4.3.28)이라고까지 무시하는데, 이 경멸적인 표현은 안토니가 옥타비우스에게 레피두스를 두고 "심부름이나 보내기에 알맞은 하찮고 무가치한 사람"(4.1.12-13)이라고 말할 때 사용하던 것이다.

그러나 브루투스는 자신의 이상만으로는 전쟁을 수행할 수 없다. 자신은 정직이라는 갑옷으로 무장을 했기 때문에 어떠한 위협이나 위험도 바람처럼 자신을 비켜 간다고 호언하지만 정작 군비는 카시우스에게 의존해야만 한다. "부정한 수단으로 돈을 모금할 수 없다"(4.3.72)면 브루투스는 카시우스에게 군비를 보내달라고 부탁하지도 말아야한다. 그러나 전쟁은 그러한 도덕적 판단을 무화시킬 정도로 극단적인 상황이며, 전쟁에 관한한 카시우스가 브루투스보다 경험 많고 노련한 군인이다. 셰익스피어는 브루투스의 이상주의의 한계를 전장에 시인을 등장시킴으로써 들춰낸다. 얼핏 지나칠 수 있는 시인과 브루투스, 카시우스의 대화는 전쟁 막사에서 시인의 역할이 어울리지 않듯이, 전쟁이라는 극단적인 상황에서 도덕적 기준을 놓고 장군들이 벌이는 설전이 역시 무가치한 것임을 극적으로 보여주는 삽화이다.

늙은 시인은 이미 카시우스와 브루투스가 화해한 마당에 뒤늦게 막사에 들어가서 이들의 싸움을 말리겠다고 고집을 피운다. 카시우스가 건방지게 구는 것이 시인들의 일이라고 거들자 브루투스는 "시인이 적절한 때를 알게 될 때 그의 건방짐을 내가 즐기겠다. 이러한 엉터리 시 짓는 바보들이 전쟁과 무슨 상관이 있단 말인가?"(4.3.135-136)라고 대답하며 시인을 박대해서 쫓아버린다. 이 늙은 시인은 현실에서 무기력한 예술가의 자화상으로 셰익스피어 자신의 자조적인 모습을 이곳에 살짝 끼워 넣어, 아무리 훌륭한 도덕과 이상이라도 현실적인 상황논리에 부합되지 않으면 그 효력을 잃고 만다는 사실을 강조한다. 필립파이 전쟁에서 브루투스와 검열관 카토의 아들을 비롯한 공화주의자들이 우울의 자식인 실수, 특히 판단의 실수에 의해서 스스로 자결하고 전쟁을 파국으로 몰고 가는 것은 한결같이 때를 잘못 알았기 때문이다. 때를 모른다고 브루투스가 시인을 비난하며 추방할 때 사실 그는 자신을 비난하는 아이러니를 범하고 있다.

비록 시저의 육체는 죽었지만 그의 정신은 여전히 로마를 활보하고 있다. "오, 줄리어스 시저여, 그대는 여전히 막강하구나! 그대의 혼령이 활보하며 우리의 칼이 우리의 내장을 향하도록 하는구나"(5.3.94-96)라고 브루투스가 한탄하듯이 역사의 힘은 공화정에서 절대군주제로 향하고 있다. 전쟁에 의존한 식민지 침탈이 곧 로마의 국책을 의미하는 상황에서 "시저의 정신"이 로마 시민들을 지배하는 것은 한편으로는 당연한 것이다. 이런 상황에서 역사의 흐름을 바꿔놓으려는 브루투스의 시도는 운율을 벗어난 엉터리 시처럼 때를 잘못 선택한 것인지도 모른다. 칼 마르크스가 『공산당 선언』에서 "유령이, 공산주의라는 유령이 유럽에 출몰하고 있다"라고 말한 것처럼 "시저의 유령"이 로마를 활보하고 있다면, 더욱이 보이지 않는 자유보다는 한줌의 빵이 더 시급한 시민들이 순식간에

편을 바꾸며 우왕좌왕 몰려다는 현실에서 그 보이지 않는 유령을 칼로 벤다는 것은 일종의 자해에 불과하다. 햄릿이 선왕의 유령을 막으려고 칼질을 하지만 허공을 가르고 마는 것과 마찬가지로 이것은 무익한 열정에 불과하다. 그러나 "브루투스는 이들 중 가장 고귀한 로마인이었다. 브루투스를 제외한 다른 모든 음모자들이 위대한 시저에 대한 시기심에서 시저를 살해했지만, 브루투스만이 사심 없이 정직하게 모두를 위한 공공의 선을 위해서 음모에 가담했다"(5.5.68-72)는 안토니의 말처럼 현실이 암울해지기 때문에 오히려 북극성처럼 순수한 빛을 발한다. 역사 속의 수많은 혁명들이 예증하듯이, "이 고귀한 유혈의 장면"은 적절한 때가 되면 이상이 현실을 변혁시킬 수 있는 힘을 지니고 있음을 보여줘 왔으며 앞으로도 계속 그러할 것이다. 막사 밖으로 추방당한 시인은 현실의 시간에서 아주 사라진 것이 아니기 때문에. 시인이 때, 즉 박자와 운율을 아는 것이 중요하다면 정치가 역시 그러할 것이다.

셰익스피어는 브루투스의 실패한 혁명에 조만간 도래할, 그리고 실패로 끝날 영국 청교도 혁명의 정체성 실험, 사고 실험의 투영하고 있는 것일까? 추방당한 시인의 처지를 통해 아직 자신의 당대에는 이러한 정치적 실험이 모험에 불과함을 암시하는 것일까? 셰익스피어의 관심은 시저와 브루투스 중에서 어느 쪽에 가 있는 것일까? 사실 셰익스피어는 자신들의 생각과 판단을 절대화하는 점에서 시저와 브루투스를 매우 유사한 인물들로 그리고 있다. 앞서 두 사람이 서로를 닮고 있다고 주장한 것은 바로 그런 이유에서이다. 셰익스피어는 『줄리어스 시저』에서 공화정과 절대군주제의 갈등을 다루면서도 정체에 대한 선호의 문제는 판단을 유보한 채 이를 독자나 관객의 해석의 몫으로 남겨놓고 있다. 작품 속에서 키케로는 "사물 자체의 목적과는 동떨어져 사람들은 자신들의 방식대로 사물을 해석한다"(1.3.34-35)고 말하는데, 이 말은 이 작품에 대한 해석에도 그대로 적용되는 것이다. 캘퍼니아가 악몽을 꾸었다고 시저의 원로원 행차를 막자 아내의 권유를 따르려던 시저는 음모자들의 한 사람인 데시우스(Decius) 브루투스 해몽을 믿고 마음을 고쳐먹는다. 데시우스는 캘퍼니아가 꿈을 잘못 해몽한 것이라고 주장하며, 오히려 그의 꿈은 길몽이라고 해석한다. 시저의 동상이 여러 갈래로 피를 뿜고 사람들이 몰려들어 그 피에 손을 씻는 일은 그의 죽음을 전조하는 것이 아니라 오히려 위대한 로마 시민들이 시저에게서 소생의 피를 빨아먹게 될 것이며, 그 피를 성자의 유물처럼 간직하기 위한 행동임을 의미하기 때문에 좋은 전조라는 것이다. 비록 아첨에 약한 시저의 모습을 보이는 것이기는 하지만 사물에 대한 해석의 자의성을 잘 보여주는 대목이다. 마찬가지로 지금껏 미신을 믿지 않는 유물론자인 에피쿠로스를 신봉하던 카시우스 역시 사르디스에서 필립파이로 오는 길에 자신의 군기에 지금까지 앉아있던 두 마리의 독수리가 날아가 버리고 그 자리에 까마귀와 매들이 내려앉음을 보고 마음을 달리한다. 그는 독수리가 날아가 버린 자리에 까마귀가 내려앉는 것을 보고 자신들의 패배를 확신한다. 카시우스의 이러한 해석은 필립파이 전쟁에서 자신의 친구인 티티니우스(Titinius)가 적의 포로가 되었다고 잘못 알고서 성급하게 자결해버리는 결과로 이어진다. 뒤늦게 카시우스에게 나타난 티티니우스는 "아, 애석하게도 그대는 모든 것을 잘못 해석했구려"(5.3.84)하고 친구의 죽음을 역시 따라 가는데, 이 또한 이 작품에서 해석의 문제가 시저의 경우처럼 생사의 문제로 이어짐을 보여주는 대목이다.

셰익스피어가 이 작품에서 해석의 문제, 혹은 공화정이냐 군주제냐 하는 선택의 문제를 열어둔 채로 작품을 마감하는 것은 작품의 마지막을 열린 결말로 처리하는 것과 무관하지 않다. 이미 『줄리어스 시저』에서 안토니, 옥타비우스, 레피두스 삼인의 제 2차 삼두정치에서 비롯될 갈등은 강하게 노정되어 있다. 옥타비우스는 비록 안토니의 아들 뻘 정도로 어리지만 자신의 고집을 꺾지 않는 의지력이 강한 인물로 부각되어 있다. 옥타비우스와 안토니의 패권다툼은 셰익스피어의 비극시대와 그의 마지막 로맨스 극을 이어주는 징검다리 역할을 하는 『안토니와 클레오파트라』의 배경이 된다. 셰익스피어의 비극시대와 시기적으로 겹쳐있는 그의 일련의 로마 극들은 각 로마 극들의 제목이 보여주듯이 중심인물을 비극의 차원에 깃다놓고 있지민, 이들의 운명을 국가의 운명과 맛물려 연속적이고 서사적으로 그림으로써 셰익스피어는 동시에 이들 작품에서 연속하는 일종의 연대기극, 역사극의 성격을 강하게 부각시킨다. 셰익스피어가 공화정과 제국이라는 정체적 혼란기의 로마 역사를 자신의 비극 시대에 집중적으로 다룬 것은, 17세기 초 영국 사회의 사회경제적 변화와 혼란을 과거 로마시대와 무의식적으로, 혹은 의식적으로 동일시했기 때문일 것이다.

셰익스피어 전집 011

줄리어스 시저

초판 인쇄 2019년 2월 7일
초판 발행 2019년 2월 13일

지은이 윌리엄 셰익스피어(William Shakespeare)
옮긴이 박우수
발행인 김인철
총괄 · 기획 가정준 Director, University Knowledge Press
편집장 신선호 Executive Knowledge Contents Creator
도서편집 박현정 Contents Creator
전자책편집 인은주 e-Contents Creator
재무관리 강현주 Managing Creator
사전 · 출판 정준희 Contents Creator
마케팅 파트장 백승이 Chief Marketing Creator
마케팅 이현진 Marketing Creator
발행처 한국외국어대학교 지식출판콘텐츠원
02450 서울특별시 동대문구 이문로 107
전화 02)2173-2493~7
팩스 02)2173-3363
홈페이지 http://press.hufs.ac.kr
전자우편 press@hufs.ac.kr
출판등록 세6-6호(1969. 4. 30)
디자인 · 편집 (주)이환디앤비 02)2254-4301
인쇄 · 제본 네오프린텍 02)718-3111

ISBN 979-11-5901-442-0 04840 정가 10,000원
ISBN 979-11-5901-255-6 04840 (세트)

*잘못된 책은 교환하여 드립니다.

HUiNE은 한국외국어대학교 지식출판콘텐츠원의 어학도서, 사회과학도서, 지역학 도서 Sub Brand이다. 한국외대의 영문명인 HUFS, 현명한 국제전문가 양성(International +Intelligent)의 의미를 담고 있으며, 휴인(携引)의 뜻인 '이끌다, 끌고 나가다'라는 의미처럼 출판계를 이끄는 리더로서, 혁신의 이미지를 담고 있다.

줄리어스 시저